突 破 认 知 的 边 界

你一定要走，走到灯火通明

唐安妮 —— 著

中国画报出版社 · 北京

图书在版编目（CIP）数据

你一定要走，走到灯火通明 / 唐安妮著. -- 北京：中国画报出版社, 2023.11
 ISBN 978-7-5146-2284-3

Ⅰ.①你… Ⅱ.①唐… Ⅲ.①随笔—作品集—中国—当代 Ⅳ.①I267.1

中国国家版本馆CIP数据核字(2023)第179324号

你一定要走，走到灯火通明
唐安妮　著

出 版 人：方允仲
责任编辑：石曼琳
责任印制：焦　洋

出版发行　中国画报出版社
地　　址　中国北京市海淀区车公庄西路33号
邮　　编　100048
发 行 部　010-88417418　010-68414683（传真）
总编室兼传真：010-88417359　版权部：010-88417359

开　本：32开（880mm×1230mm）
印　张：8
字　数：200千字
版　次：2023年11月第1版　2023年11月第1次印刷
印　刷：河北文扬印刷有限公司
书　号：ISBN 978-7-5146-2284-3
定　价：49.80元

自序

此刻是晚上9点,窗外暴雨如注,前日的燥热被雨水冲刷干净,空气里终于有一丝清凉的味道。不知道是不是因为已经文字写了太多,写这篇序言酝酿的时候总是卡壳。

毛不易在歌中唱道:"像我这样迷茫的人,像我这样寻找的人,像我这样碌碌无为的人,你还见过多少人。"我有时候想,像我这样平凡的人,写出这样一本书,会有多少人愿意打开,并且真正去读一读?

在我纠结要如何开始的时候,突然想起黄国平的论文致谢,那篇论文在我心里留下了深刻的印记,字字句句就像钟鼓在我心上敲击。每读一个字,心里就会下雨,苦难跃然纸上,让我无法不回忆一路走来的酸楚。

我依稀记得,那篇论文的第一句是:我走了很远的路,吃了很多的苦,才将这份博士学位论文送到你的面前。

黄国平的一字一句,我感同身受,虽远没有达到他那样的高度,但这句话的的确确也可以套用在我身上。

"我走了很远的路,吃了很多的苦,才将这本书送到你们面前。"

有幸将我的故事以这样的方式讲给你听,是我的荣幸,倘若你能在某一个清晨或夜晚，为我的文字停留，与我同频共振，哪怕一秒，都是对我写作八年莫大的鼓舞。

从身无长物，到真正写出自己的第一本书，别人看起来是天降好运，但于我这个小镇女孩而言，个中艰辛和酸楚，怕是三天三夜也叙述不尽。

写作的这些年，遭遇过嘲笑，经历过蔑视，再加上自身家庭的原因，我曾经经历了一段很长的迷茫期。跌进过好多个绝望的黑夜，靠着写作，我才一步一步走到今天。每个人之间的悲欢并不完全相同，让你感到快乐的未必让他人也感到快乐；让你感到难过的事情未必会让他人难过。或许别人看来，我经历的并不算什么，但这就是我的人生啊。

曾经读过一句话：谁不是经历了漫长黑夜才抵达黎明。

因为自己的经历，我特别想写一本真正反映我真实内心、讲述我真实成长经历的书，倾注我全部真诚的一本书。

我想把那些经历写出来，写我的渺小，写我的自卑，写我的迷茫、我的进取及自我的重塑。

我想让和我一样的普通女孩，从我身上找到哪怕一丝一毫的勇气和力量，这是我创作这本书的初心。

◎

作为一个半路出家的写作者，我所经历的写作之路，说起来还有些有趣，从纸媒杂志的小说过渡到新媒体写作，我为了能坚持下去，曾经搁置过对写作的某部分热爱，一度为了生活不择题材和类型而进行"创作"。

痛苦、纠结、矛盾，在热爱和生活面前来回试探，梦想写出感性真实的文字，又不得不为了生活而选择妥协。后来有一天，我突然想通了，努力生活的人不必抱歉，想让自己和家人拥有好一点儿的人生，暂时向生活妥协也无可厚非。

我清白做人，勤奋做事，我接受务实的我自己，并且也不再为这样的自己感到难堪。

当有人问我为什么改写新媒体文章，为什么做自媒体，为什么不只是专注于写作本身，我诚实地回答：为了让自己和家人拥有更好的生活。

美国诗人罗伯特·弗罗斯特在《未走之路》中写道："树林里岔出两条路，而我——我选了那条人迹较少的，从此决定了我一生的道路。"

写作是我人生中做过的最正确、最勇敢的选择，在过去灰蒙蒙的日子里，文字陪伴我度过了无数个难熬的时刻，也因为文字，我开垦了属于我自己的精神庄园。

这条路虽人迹罕至，却改写了我原本庸碌的人生，为我开启了崭新的人生篇章。

印度著名诗人泰戈尔在《用生命影响生命》中写道：

请保持你心中的光,

因为你不知道,

谁会借着你的光走出黑暗;

请保持善良,

因为你不知道,

谁会借着你的善良走出绝望;

请保持你心中的信仰,

因为你不知道,

谁会借着这个信仰走出迷茫;

请相信自己的力量,

因为你不知道,

谁会因为相信你开始相信自己!

  哪怕仅仅是一个人,曾因为我的文字得以度过难熬的灰暗阶段,也算是我的一种荣幸。

  有时候想一想,我们每个人的人生就如同一本书,一开始我们渴望被别人翻阅、理解和欣赏,以为到了一定的年纪,人生就会是耀眼的华章,而实际上呢?

  人生不会突然变得华丽,大多数人也只是随着时间的流逝,慢慢接受自己的普通和平凡。

若人生这本书，不能被旁人停留驻足品读，那就努力寻得一份自洽，抛弃不必要的期待，专注自身。无论书里的篇章是平实的还是绚烂的，这都是独一无二的属于我们自己的人生。

◎

我还是要再一次感谢写作，感谢它让我在城市和乡野间来去自如，感谢它让我过上了相对自由的生活，感谢它让我能够花更多的时间陪在老人身边，感谢它让我找到了更好的我自己。

现在是深夜11点钟，写完稿从书房望向窗外，夜幕下的村落灯火已灭，寂静异常，脑海里有很多个伏案写作的光景反复闪现，我看着电脑桌面上已经完结的新书文档，情绪涌生，兀自奔腾。

"我一个人度过了无数个半夜挑灯的光景才走到了这里，虽然不算快，虽然毫无天赋可言，但一想到我如浮云一般的人生最终能被一些人知晓，并且治愈和陪伴一些人走过低谷期，我就开心得合不拢嘴。人生海海啊，祝我们有帆也有岸。"

唐安妮

2023年6月12日于上海

目录
CONTENTS

01 辑一 请允许一切发生

- 002　慢慢即漫漫，漫漫亦灿灿
- 007　挺过狂风骤雨，迎来雨过天晴
- 012　当你强大，全世界都会对你温柔以待
- 018　活得坦诚，让我无坚不摧
- 022　那天我歆睡在太阳底下，渴望活得尽兴丰盛
- 027　那个用旅行麻痹自己的年轻人

02 辑二 要勇敢，不要完美

- 031　一个不漂亮女孩的斗争史
- 040　按照自己的意愿生活
- 044　如何对抗人生的虚无
- 050　人生变好，是从变坚强开始的
- 056　无须众望所归，只愿和平庸对峙
- 063　请你一直向前走，不要回头
- 070　好好努力，不负遇见

03

辑三　别做一个没有价值的好人

- 078　打份工而已，没有义务表演开心
- 083　停止讨好别人，学会取悦自己
- 087　好的友谊，不需要苦心经营
- 092　靠自己生活，才是人生常态
- 097　我不是自律，我是太有求生欲
- 102　我们的人生，要靠自己成全
- 108　烂在过去太蠢，人应该屈从于现实的温暖

04

辑四　生命中最滚烫的一章

- 116　一路艰辛，也甘之如饴
- 123　学会放过自己，人生才能破局
- 128　没有他，我拥抱不了现在的人生
- 134　生命中最滚烫的一章
- 139　谁不是一边受伤，一边成长
- 144　谢谢你，我生命中最重要的人

05

辑五 人生唯一确定的就是不确定的人生

- *152* 未来某一时刻,一定会看到坚持的意义
- *157* 人生最大的不安
- *162* 每个大人都曾是个孩子,虽然只有少数人记得
- *166* 你尽管盛开,蝴蝶会自己来
- *171* 很多人都是穷怕了,才有出息的
- *177* 人生无完美,曲折亦风景
- *183* 不是每个女孩,都有觉醒的运气
- *189* 做真实的自己,更需要勇气

06

辑六 爱自己才是上上签

- *196* 爱自己是人生的必修课
- *201* 如果你认识从前的我,你就会原谅现在的我
- *207* 爱是两个独立人格的双向奔赴
- *212* 得偿所愿,是再美好不过的词
- *218* 学不会放下,就无法轻装上阵
- *223* 事事有回应,不一定只在爱情里
- *229* 爱和信任是两码事
- *233* 致30岁的自己

辑一 请允许一切发生

好好去爱,然后完整自己,相信我,你会因此无惧无畏地走更多路,爱更多人。"慢慢即漫漫,漫漫亦灿灿",一直往前走吧,前面的风景更好。

慢慢即漫漫，漫漫亦灿灿

◎

最近被家里安排了相亲，所有人都盯着我，三番两次推辞后，父亲有些生气，我只好答应和对方先试着接触。

对方是一个年纪较小的男孩，跟我相差5岁，学历不错，工作体面，家庭也无可挑剔，但我们短暂地接触后，从始至终我都像是看待年纪轻的弟弟一样来跟他聊天。

大概三四天后，男孩发消息问我："你是不是因为我年纪比你小，所以没想认真尝试跟我在一起？"

这句话是直接的，我甚至在看到这句话的时候，一时语塞。

他说的完全正确，我也没有必要否认，在我连声抱歉之后，男生有些遗憾地告诉我："其实我说的也不一定对，你应该是不喜欢我，才会有年纪顾虑。"

我突然醒悟，在面对情感时，原来我一直搞错了顺序。

如果没有喜欢的感觉，时间、距离，哪怕是出生年月也是我拒之门外的借口，但如果前提是喜欢，我想我比任何人都有能力去自我说服。

于是对话以一种戛然而止的姿态停止了，和男孩几天的接触就像遇风即散的柳絮，扬到了我并不关心的角落。

说起来，这个男生其实是很直白的，直白地表达对我的好感，直白地指出问题，无内耗，也不犹豫。

光是看这一点儿，似乎也比我曾经遇到过的三两个人好很多。

◎

我曾经经历过一段失败的爱情，并且有一段时间对对方颇有怨言。

那真是一个残酷的过程，慢慢离心，慢慢意识到我已经不再是对方想要牵手拥抱的人。

我们在一次次沉默中不了了之，也在一次次争吵中恶言相对，不知道在挣扎什么，是舍不得放开，还是舍不得倾尽所有热烈的曾经。

我后来发现，感情中很多男人始终有逃避的癖习，他们好像天生就会逃避很多问题，比如：

你是不是喜欢上别人了？

你不想结婚对吧？

你不想公开的原因是什么？

你还爱我吗？

你真的是忙工作才没有回复我的消息吗？还是不想回？

很多问题，很多感情中的皱褶铺不平，但他们似乎从不愿意正视，反而会以自己的逻辑为这一切找到合理的理由。

你不信任我。你太黏人了。你想太多了。我只是怕麻烦。

于是穷途末路，走到气数将尽的地步。

◎

那是个寡言的男生，内敛、沉默，相比爱情，我觉得他更注重事业。

这段感情里，我渴望沟通，我想要他回应很多事情，但对方听到我呼喊很多次，也点头表示理解，但因为工作实在太忙了，于是只是堪堪摆出一种抱歉的态度，跟我说一句"对不起"。

到最后我们分开，也还是带着很多不能消弭的矛盾。

他伤害我了吗？似乎是没有的，没有具体的事件伤害我，但你说没有伤害，也不对。

对方用轻描淡写的"对不起"回应我的敏感和崩溃，甚至比争吵更让我心伤。我一个人咀嚼了那些细密浓郁的情绪，独自揣测对方的言外之意。他状似深情的那些"对不起"，徒增我无数懊恼和自我怀疑。

他给那个时候的我打下了无数问号，我一直问自己，是我的问题吗？是我无理取闹吗？是我咄咄逼人吗？

没有答案，至今也没有。

这段感情如同找不到出口的密室，让我窒息，挣扎着想要找寻一个漏风的缝隙。

但是，不重要了。

答案是什么不再重要，孰是孰非也不重要，我后来珍藏了这段感情里好的那部分，重新审视那场如同马蹄莲一般的恋爱，我还是汲取到了一些值得珍藏的部分。

他是一个情绪不太外露的人，有时候会让我觉得冷漠，但他确实有他的优点，那些优点在最开始让我觉得他自带霞光。

比如对方对待工作永远井井有条，遇到任何职场问题都可以保持理性。

对方总是以结果为导向去思考问题，或许少了点浪漫，但真的教会我用一种高效的方式对待生活和工作。

对方情绪稳定地面对大小事情，给我一针见血地分析和解决问题，不会像我一样动不动就手忙脚乱。

说起来，和他恋爱的经历我还是赚了的，他让我更成熟也更稳重。

快要30岁的我，重新审视这段感情，没有怨言了。

他是一个普通人，我也是，我们都有缺点，而因为曾经相爱过，所以暴露了更多不为外人道的晦暗面。

我们磨合了，没有成功，那就只能分道扬镳，寻觅下一个所谓"对"的人。

◎

时至今日，我已经不再是小女生心态，也对人性有了更多彻悟，对爱情的理解又上了一个台阶。

当我换一个方式看待爱情，当我不再固执地想要从别人身上获得安全感，我忽地领略到，原来以自己为本位去恋爱，只去吸收对方身上正向的一面，那些影响，后来会代替那个人永远烙印在我身上，让我更丰富，更强大。

这是"不在一起"也不觉得遗憾的一件事，这比苦苦坚持一段感情本身，更让我觉得"一本万利"。

至于一生只爱一人，那更像是一则传说，一则令人向往的美丽童话，人类总是赋予俗常过分理想的意义，不要较真。

好好去爱，记住那些电光石火般的心动，与此同时，别忘了汲取对方身上的耀眼华彩，然后完整自己，相信我，你会因此无惧无畏地走更多路，爱更多人。

"慢慢即漫漫,漫漫亦灿灿"，一直往前走吧，前面的风景更好。

挺过狂风骤雨，迎来雨过天晴

◎

自由职业的第一个夏天，很快就结束了。好像什么也没做，又好像从没停下脚步。和过去的很多个夏天比较起来，2022年的夏天似乎格外深刻。

我在一方书桌前完成了自己20岁时许下的愿望。那时，我渴望成为一名自由职业者，但我谁也没告诉。

那是一个寒门女孩梦的开始，没有长处，没有施展的舞台，一无是处，也一无所有，生活一眼望得到尽头。

她当然怯于开口，也怯于表达，她怕别人嘲笑，说她痴心妄想，幻想拔着自己的头发飞上天。

"那时"，我又要说"那时"了。那时我是个自卑的小镇女孩，皮肤黝黑，站在专柜店门口，因为认不全一些大品牌的护肤品，还为此感到过无尽的羞愧。

那时20岁，追我的男孩问我，为什么我只有一百块钱出头的口红。我冷着脸，没有让对方看出我的尴尬和窘迫，并且极力证明自己的内心强大、富足。

"我赚稿费买的，一支够了。"很平静、很镇定，我的声音没有破绽，表情也无懈可击，但内里其实早已感到难堪。我不知道你们能不能明白我说的，也不知道你们有没有跟我有着哪怕一秒的共鸣？

◎

在很多人眼中，我是那个独立自主的女孩，经济独立，靠自己打拼出一片天地的女孩。许多年了，我被许多人用差不多的夸奖包裹着。

"她好厉害呀！"

"你真的好励志！"

"我好羡慕你！"

"靠自己才有底气！"

……

我当然不否认这些夸赞出自真心，我也一点儿不怀疑这些夸赞背后的真诚。自从从事写作被很多人关注之后，我常常被别人当作追赶的目标，我何德何能，能有这个资格，当别人人生旅途中的某座灯塔。

可是说真的，每每午夜梦回，辗转反侧的日子里，我偶尔会因为这些"夸奖"，突然狂哭不止。

强悍了太久的我，早已不会在别人面前软弱，自我环抱是我心疼自己的方式。不止一次，我跟我的读者和粉丝说，如果有人能为我兜底，有人能让我有选择和退缩，我是不愿意坚强的，我一点儿也不想坚强。

我敢保证，那些被夸励志、被夸坚强的女生，大多数都不快乐。用太坚强夸一个女生，本来就是一件极其残忍的事情。

◎

毫不隐瞒地说，这些年以来，我成长的主题词一直没有变过，它就是——苦闷。

看似安逸的生活表象之下，是每两三年一次的巨变。车祸、休学、留级、分手、抑郁……别人享受青春的年纪，我画地为牢困于其中，和我自己以及破败的原生家庭苦苦斗争。

被压迫、被束缚、被抛掷、被折磨、被试炼、被伤害。

这些年，我亲手为自己盖过一次又一次的"堡垒"，因为生活接二连三的打击，亲眼看其一朝塌陷，我反复堆砌、反复重建，一些时候心如死灰，更多时候我则是拉了自己一把又一把。

我说过，我舍不得放弃自己，相比放弃，我更想爱自己。所以我不会轻易认输，也不会轻易停下脚步。那些自我放弃的人总是说生活没有意思，人间都是苦难，而我更多是为自己的人生感到不甘。

读书时读到"王侯将相宁有种乎"，我有一种"敢教日月换新天"的勇气，我总觉得我也可以改变自己的命运，也可以拥有精彩绝伦的人生。

把所有幼时的渴望，所有被扼杀的需求，用自己这双手一点点找回，这是不甘心，更是我深埋在心底的野心。

◎

今年是我从事写作的第八年，日复一日的伏案工作，让我的颈椎似乎不太好了，也有了难看的小肚子。但我还是觉得庆幸，人不能"既得又得"，也不能"既要又要"，苦行僧般写稿的日子，让我收获了金钱、自信、尊严和安全感，这是我从小就渴望的东西，我当然甘之如饴。

八年了，我好像真的做出了一点点成绩，当初向阿姨借的一千块，早就通过各种方式还上了这份情，就连她们买房我也尽了一点点绵薄之力，当初借钱的那份难堪和羞耻感，如今算是被彻底地抚平，曾经不被看好的我，终于挺起胸膛了。

在28岁的这个夏天，回首过去的种种，对曾经迷茫且荷尔蒙躁动的学生时代，我已经不再为其慌张，并且多了一份坦然和从容。

写下这些字的时候,天边的滚滚乌云散去,暴雨说停就停,窗外是一片洗过的新绿。

　　我知道未来或许还有更多场人生的暴雨会降落,但我已经无畏无惧,泥泞里前行并不狼狈,那会锻造我更强大的身躯。

　　我有信心挺过狂风骤雨,更有信心等来雨过天晴。

当你强大，
全世界都会对你温柔以待

◎

我曾看过一个网友这样说：

我不知道我后来的拧巴、我的自卑、我的恐惧、我不正常的自傲、我内心经常性的匮乏和空洞、我仿佛撕裂了的心、我对爱不正常的渴望，是不是和自己年少时的经历有关，可是后来，我付出了多少代价，去成长，去完善自己，用尽所有力气让自己活得像一个正常人。

当时看完就瞬间共情了，午夜时分怎么也无法入睡。

我的原生家庭没有很好，在我三个多月的时候，父母就离异了。

他们两个人自由恋爱，闪婚，后来又瞒着双方父母闪离。

他们头脑一热结婚生了孩子，却并没有准备好做合格的父亲母亲。

所以最终，为他们失败的婚姻买单的是我，还有我的爷爷奶奶。

我还在襁褓里的时候，父亲就将我交给爷爷奶奶抚养，而母亲去寻找她所谓的自由，和父亲不再往来，我们一家三口，在三个地方，过各自的生活。

从小就无比渴望父爱的我，幼年时期很努力学习，即便天资不聪颖，悟性很一般，但为了能在每周一次的电话里跟父亲炫耀成绩，我总是逼着自己比一般小朋友更努力。

◎

7岁之前的我，其实还没有那么多忧愁，虽然我的家庭和别人不同，生活中缺少母亲的角色，但我知道父亲是爱我的，他忙着工作，忙着赚钱供我读书。

他在电话里千叮万嘱让我听话，他说闺女你要好好念书，爸爸春节就回家。

在我小小的世界里，爷爷、奶奶、爸爸，是我贫瘠人生里的全部，就算周围人给了我那么多的有色目光，我还是能够乐观和坚强。

不过这种平静，终究在我7岁那年被打破，一个新的角色闯入了我的生活。

我记得很清楚，那是一个下着鹅毛大雪的冬天。一个陌生女人走进我的视野，而紧随其后的父亲，拎着行李箱，肩上背着的是属于女人的红色皮包。

那一年，父亲见到我后，对我说的第一句话，不再是"你有没有想爸爸"，而是催促着让我快叫"阿姨"。

那是个漫天飘雪的傍晚，我跟在他们身后，路过白雪覆盖的田埂，心里弥漫着道不明的酸楚。即便是不谙世事的年纪，我也知道这意味着什么，这意味着怎样的巨变。

◎

记不清是从什么时候开始，周围的人总会拿我当话茬儿，他们闲聊时会问我：

"孩子，你爸以后给你找个后妈，你可怎么办？"

"孩子，后妈的心黄连的根，你爸找新老婆，你可就苦了。"

我好像从小就是被"恐吓"大的，为此还时常躲在房间里哭，奶奶常常不解，为什么有时候一觉醒来半边枕巾是湿的。

我其实在很早之前就在做心理建设，我告诉自己，未来总有一天，我会有名义上的"妈妈"，她会让这个家更完整，也会让爸爸有知冷知热的枕边人。

但这一天真的来了，我反倒慌了，我排斥她，却不能表现出来，我像电视剧里城府极深的小女孩，表面上礼貌得体，心里却极为不满。

我开始变成一个会藏事儿的小孩,擅长隐忍和沉默。

对了,我没有参加父亲的婚礼,女方觉得,新郎有一个8岁的孩子,这让亲友们瞧见,会觉得尴尬,所以婚礼当天,奶奶和我被留在家里。

那应该是夏天,我记得婚礼前一晚,我第一次穿上裙子,是父亲给我买的,他说闺女一直当男孩子养,都没穿过漂亮的小裙子。

我穿着那条崭新的裙子,表演着开心,吃着从未吃过的小零食,听到父亲说:"爸爸结婚你就别去了,你就跟奶奶在家。"

那一夜我睡得很不好,后半夜被噩梦惊醒,被奶奶抱在怀里哭到天明。

第二天婚礼结束,父亲喝得酩酊大醉回家,他把我抱在怀里,然后缓缓跪在了奶奶面前,哭着求他们二老把我抚养长大。

从那时候开始,我的脑袋里,想的不再是成绩好,父亲会更喜欢我,我想的是,父亲会不会有一天彻底抛下我。

是的,很难过,现在回忆起来,还是会觉得无助和绝望。

那种被最亲的人当成负担,被最爱的人看作累赘的感觉,伴随我以后成长的每个瞬间,我性格里的自卑、讨好、敏感,还有无论如何都填补不了的安全感,让我拧巴,也让我比更多人自尊和自强。

◎

很多年前,我买了一本乌云装扮者的书,书名叫《我很好啊,妈》。

当年,书中的一句话被我画出来:

"个人的成长是在逃离原生家庭的过程中逐渐展开的,看上去这不是一个美好的动机,但它确实带来了美好的回报。"

原生家庭对我造成的影响,我至今也不敢说没有了,我在几年前还患上中度抑郁,一度对生活丧失信心。

逃离它的过程,痛苦伴随着新生,我将自己撕碎又重新粘合,重塑了新的我,我更懂得感恩,更懂得知足,也更懂得凡事要靠自己争取。

所以,你可以看到我一路披荆斩棘,做什么事情都依靠自己。

我渴望自己的房子,自己的床,自己的书桌,自己的衣柜和窗户,我想真正呼吸,真正开怀大笑,真正肆无忌惮,真正无拘无束,我不想回到小时候。每一次去父母的新家庭,都有一种寄人篱下的感觉,所以我要让自己疯狂成长,像一株生机勃勃的向日葵,伸向更高的天空。

毕业第一年,我的第一份工作工资只有五千出头,那时生活拮据,租了南京市中心的房子,交过房租后所剩无几,剩余的工资还要用来孝顺爷爷奶奶,用来吃喝,以及中药调理。

我打小体质不好,宫寒,有过肾炎史,再加上甲状腺结节,总是胡思乱想很多。

我怕自己没有钱去医院开药。

我更怕有一天，我需要钱来生活，却不知谁会主动帮我一把。

所以我很努力，也很让人省心。

很多人问过我累不累，我不知道怎么回答，事实上不累的。

我将自己武装到牙齿，看起来还蛮辛酸的，甚至不久之前我也觉得自己辛酸，怎么别人有强力的后盾，我却没有。

可是后来，当我真正变强大，我发现没什么的，没有家庭作为后盾的确可悲，但出身这件事，本就没什么公平可言。

与其妄图改变不能改变的，沉溺于过去的痛苦中，在原生家庭的阴影中顾影自怜，不如放手一搏，或许会迎来柳暗花明的一天。

◎

朋友，出身不好，并不妨碍你活得漂亮。如果自己选择一蹶不振，那才真的毫无指望。

当你一个人默默努力的时候，生活也不会辜负你。后来，我自己买到了我想买的房，拥有了我的一处避风港，安全感、自信、勇气……这些原生家庭没有给我的，我靠自己找了回来。

我想，正是应验了那句话——当你强大，全世界都会对你温柔以待。

活得坦诚，让我无坚不摧

◎

我一直在要求自己做一个坦诚的人，尤其是看到一些互联网博主频频"翻车"的例子后，我更不敢戴着面具去经营社交平台。

我坦诚自己的婚姻观、人生观、价值观，有些观点并不迎合大众，自然而然就遭到了一些人的批评。

尤其是，当我直白谈到自己对金钱的态度时，不少人跳脚，他们指责我，指责我的现实。

生活中，我也经常被亲戚各种催婚，我发现教育我做人、做女人的热心人太多，我想辩驳，但精力有限，不如沉默。

◎

你很难让所有人对你满意，遇到对你不满意的人笑笑就好，没必要去争执，保持一个好心态，不要被影响心情就好。心里坚定什么，那就去执行，心里信仰什么就去表达，但不要奢求所有人的理解。

这样的状态一直持续着，直到今天，我恍然发现，自己已经踽踽独行了很长一段时间。

当然，我并不是在后悔什么，踽踽独行的状态并不需要被可怜，我还蛮享受独处的，独处让我变成一个自我认知清晰的人。

在电视剧《生活大爆炸》里，有一段台词我很喜欢：

"也许你感觉自己与周遭格格不入，但正是那些你一个人度过的时光，让你变得越来越有意思，等有天别人终于注意到你的时候，他们就会发现一个比他们想象中更酷的人。"

当我学会坦诚，学会用自己的真面目示人，随之而来的就都是真实的、落地的回报，比如吸引到真正同频的人，经营真实的关系，再也不浪费一分一秒在无用的社交上。

与此同时，把宝贵的时间花在自己身上。

◎

迄今为止的人生，远远说不上成功，但有一点儿，我忠于内心，始终坦诚，这让我提起来内心有一些安慰。

我在写作时是坦诚的，所以不强求华丽的辞藻堆砌，显得我文采斐然，是的，我其实没有天赋，在写作上能有小小的水花，也是因为我足够真诚。

我坦言自己从小到大的经历，坦言自己过去的狼狈和不体面，我和同我一样出身底层的朋友分享真实的经历，我把这一路的艰难险阻一一道来，就连中间漫长的煎熬、难以启齿的狼狈也说给他们听。

于是，我的坦诚成为我一直以来最有力的武器，它让我在写作这条路上劈风破浪，也让我得以保持真我，合乎本性地活着，就像王小波笔下火炭上的那滴糖，吱吱作响、翻腾不休。

曾经被一个读者问过这样一个问题，他问我，将自己的出身、家庭、亲友、恋情、困扰、忧惧、执念……和盘托出，毫不躲闪，是否感到过难堪和羞耻？

我告诉他，羞耻感曾经贯穿过我，我也相信，每一个有文学梦想的年轻人都曾因为写作的羞耻感犹豫不决，甚至想要放弃。

但是，梦想这种东西，如果真的仅仅因为羞耻感就轻易抛下，我只能说还是不够热爱。

我也曾因为自己的贫穷、渺小，因为对足以让人埋下头的过去感到无所适从，但表达这件事、写作这件事，让我重生，让我得以抚平内心的伤痕。

我一边剖析自己，一边将感情完整细密地释放出来，这感觉无以言说。写作是一项痛苦的工作，需要直面自己的阴暗、罪恶和自私，不过这也正是它可贵的地方，没有一个好的写作者是完全脱离自身经历去表达的，这不现实。

不过我也不想隐瞒，我的的确确是因为极度的坦诚受到大家的喜爱，我没有刻意兜售自己普通人的人设，我只是在书写最真实的普通女孩的真实经历，这种真实为我赢得了喝彩和瞩目。

路遥写过这样的话："我必须从自己编织的罗网中解脱出来。当然，我绝非圣人。我几十年在饥寒、失误、挫折和自我折磨的漫长历程中，苦苦追寻一种目标，任何有限度的成功对我都至关重要。我为自己牛马般的劳动得到某种回报而感到人生的温馨。我不拒绝鲜花和红地毯。"

也许我不能百分百解读这句话背后的深意，但我要说，我是实实在在经历过千岩万壑才走到这里的，途中也曾多次忍受着痉挛往前迈步，我把这些经历写出来，后来得到回报，我并不以此为耻，我反倒觉得等值。

史铁生老师曾经说过一句话，他说："苦难既然把我推到了悬崖的边缘，那么就让我在这悬崖的边缘坐下来，顺便看看悬崖下的流岚雾霭，唱支歌给你听。"

我想我应该是那个在悬崖边坐下唱歌的人，我是个勇士，没有就此消沉，也没有一蹶不振，我后来拍拍尘土又重新上路，还把悬崖边上的恐惧、危险以及景色都告诉了路上遇到的人。

这个人是你，是他，是每一个曾为我的文字驻足的人。

那天我欹睡在太阳底下，
渴望活得尽兴丰盛

◎

五月底迎来一场大雨。

院外的蔷薇花一夜凋败，遍地零碎，叶瓣被来往的行人踩踏，分尸于脚下。

漫天的柳絮约同赶来，半个天际都仿若笼罩着一层朦胧的纱。心情是潮湿的，似还渗着昨夜的雨，没来得及晾干。

这座小城在五月中旬就开始吵闹，耕种、收割、扬晒，自有它的天地人和。我不在这些农忙的身影里，我也不是不忙，才得空去观察这些人的起居和日常。

只是拖了三个月的复查终究不敢再拖，怀着一种湿漉漉的心境去医院，在路上瞧见了老人埋头农忙的景象。

按道理他们比我受累更多，在镰刀的一起一落里，都是实打实的力气。何故我什么都没有背负,却总觉得腿上负重了千斤重量。

大概8点,我独自抵达县城的医院,大门前的队伍排成长龙,低空中灰云踱步,路边新叶垂头,总觉得风雨欲来。

候诊的时间漫长煎熬,因为害怕被丢进茫然的等待,我特意带了一本讲生命、孤独的书,以为可以舒缓心情。

没承想,书里都是从容,而我胸中都是对生与死的怯惧。

◎

照例是躺在彩超室的检查床上,照例是不苟言笑的女医生,液体凝胶涂抹在患处,仪器滑过肌肤,随之而来的是两声难以捉摸的语气词。

悬吊着的心在那一刻更是荡曳,生怕下一秒从高处坠落,摔至粉碎。

从前年开始,这种时刻就令我胆战,我有时觉得不可思议,有时又觉得理所应当。一无所有时总想着一了百了,"拥有"时又开始贪心,讨要岁岁朝朝。

或许是久病成医,拿到两张彩超单后,自己也看懂了一二,一颗心好端端放下。除了脖子上的甲状腺结节长大了,需要手术,乳腺结节没有再长的迹象,它很安分。

两年前,母亲患恶性肿瘤做手术,切除了左侧乳房,我哭了很久,紧接着便是我被告知这病有遗传可能,要我及时去检查。

一查就是结节三级。

我在某些日子里辗转难眠,不敢看母亲的刀口,也害怕有朝一日,命运冷不丁在背后这样抽打我,因此惴惴不安。

在诊室里又等待了两个小时,护士终于通知我可以在诊室外等候。

"没事的,你不要担心。"

"不管怎样,还是做个CT(X线计算机体层摄影)再看。"

虚掩着的门里,体型壮硕的中年男人耷拉着脑袋,问询里露出忐忑,他的衣衫已经泛着旧色,皮肤黝黑,一看就是常年暴晒所致,不知是做着怎样辛苦的工作。

"CT贵吧,能不能刷医保呢?"

"377元,卡里有钱就能刷。"

男人点点头,什么也没说便起身,他的面容平静,接驳上一秒的无助,不知道的以为刚才声音战栗的人根本不是他。我在顷刻间解读了他的表情,无力感悄悄浮上心头,却做不了更多。

◎

我紧接着走了进去,因为考虑到医生有可能会触诊,随手关上了门。

医生拿过手里的彩超单,扫了一眼后放下:我知道你的情况，不过你也只能这样勤查，不能掉以轻心，但也不能过于担心。"

这话不知道听过多少遍，却还是感觉半忧半喜。曾经听医生说，有些人的结节会通过药物消掉，但我没有，长达半年的中药与西药服用，结节还是岿然不动。

这么久了，我已经放弃成为"有些人"中的一个，我接受它存在于我的身体。

"甲状腺结节两厘米多了，确实可以做手术了，压迫到血管就不太好。"

我点点头，还是说出了当下不想住院的想法，在得到了医生的同意后，我发自内心表示感谢，第一次内心平静地走出了诊室。

那一天，我于人流涌动的医院大堂找到出口，又在人流涌动的医院门口驻足，莫名想看看天空。来时灰云遮日，现在已经晴空万里。

少许白云相依，绿树攒动，的确是刚刚诞生的夏天光景。

我在后知后觉里意识到，那是我第一次从医院出来后抬头看天，也是我第一次，没有从医院哭着回家。过去两年里，一度被心底的困兽啃啮过脖颈，原生家庭糟糕、中度抑郁，再加上并不强健的体魄，我悄悄将它们定义为宿命。

你知道的，人一旦有了宿命感，就会沉迷于"命不好"。

于是得出了另一个结论——逃不掉。

◎

  我以前时常认定这样悲剧的命运底色，但我后来慢慢振作，已经不敢深究太多。

  生病了就去治，心情不好就努力开心和自愈，人不管走到哪一步，都有重重险阻，这是命；昂着头持剑厮杀来闯出一条康庄大道，这也是命。

  这样想着，我后来再也没有因为遇到险阻就坐地不起，反而哭着也要穿过那片荆棘丛生的峻岭。

  回来之后，我拉开卧室的窗帘，日光透过白色纱幔洒在脚丫子上，我搬来座椅，心血来潮去晒了晒五月炽热的太阳。

  好暖啊，甚至晒得有点儿痒。每一个毛孔都在呼吸，每一根发丝都在起舞。

  十几分钟后，我睡在太阳底下，第一次从心底里生出渴望，渴望活得尽兴丰盛，渴望活得漂亮，渴望拥抱生活，渴望每一天的日升和潮汐。

那个用旅行麻痹自己的年轻人

◎

立秋后,城市迎来一场暴雨,而后便是连绵三天的阴雨天气,温度骤然走低,乍一出门,我还有些措手不及。

忙了一个多月的宁终于有了周末,她驱车前来跟我小聚,我们在细雨中前往邻市的古镇,找了家临河的茶室,点了份茶果套餐,就这样在运河边上坐了一下午。

来往不少游船反复经过,我们看船上的游客,游客也探出脑袋,看运河沿岸的人以及古建筑。

这是我第一次静下心观察南方的雨天,雨水将天空刷成灰白色,低空中云朵踱步,河面上一圈圈晕开的波纹,桥上行人悠然往来,那点细密的雨丝根本挡不住这古镇骨子里的从容。

傍晚时分,游人不减反增。运河沿岸街灯四起,还有些橘色、红色的灯笼在船头陆续被点亮,河面五光十色,映衬着邻粼波光,街边有些商贩出摊,每一个摊位都被游人围堵,好不热闹。

一个烟火味十足的千年古镇似乎在都市的一角活了。

宁在这时起身,我们默契地离开茶座,循着一曲评弹声来到桥畔,连日的精神内耗在那一刻烟消云散,取而代之的,是对这条千年古河的探究之心,以及对雨中万物的观察和好奇。

其实这不是我第一次外出游玩,从前出去过多次,每一次的目的地都比这一次远,做的攻略也比这一次周全。

但很奇怪,从前不管旅行的目的地再怎么令我心生向往,到达后我还是没办法从现实中抽离,专心留意身边的景色。

如今不过是来到邻市的某个古镇,却让我平静、享受、沉浸其中。

◎

这些年写作,认识了不少文艺青年,他们对旅行有种莫名的坚持,每当聊到对未来的迷茫,对生活的焦虑,他们说:

"世界这么大,你该去看看。"

彼时的我总是半夜在社交平台上看某些景区的点评和攻略,而因为囊中羞涩,我曾多次默默计算往返的旅费,一下子便打消了念头。

说不遗憾是假的,我向往那些人旅行时的自由、洒脱、不羁，还有岁月静好的超然。

为了有朝一日能够来一场说走就走的旅行，我用很多个不休的周末做着兼职、写稿子、赚奖金，等到终于有条件实现的时候，我去了一些地方，也看了一些景色，我满心欢喜地上路，又满怀心事地返程。

我在想，为什么心情依旧那么糟糕，为什么别人的那种松弛感，自己在体验时却怎么也找不到？

这个问题一直困扰我，直到今天，我似乎才意识到了些什么。

几年前的我，初出茅庐，追着同龄人的脚步，不思考，只会盲从，我以为旅行会治愈自己，会给我的人生带来巨大的改变。

但那时认知和见识都还尚浅，无论目的地是哪里，那个对世界、对自我一无所知的我，处于迷茫和忐忑之中，对旅行有着不切实际的期待，以至于每一次旅行之后，我又再次陷入深深的落差中，郁郁寡欢。

心是闭塞的，灵魂绑上了枷锁，再壮阔的雄伟景象，也无法发自内心感受到震撼，自然奇观的陌生和遥远、绮丽和绚烂，水软山温赋予的心灵的震荡，对于一个消极踌躇的青年人来讲，消受不来，旅行地对她来说，不过是转瞬的逃避之所。

而生活，哪里是能够靠旅行逃避的，生活，逃无可逃。旅行就像是压抑生活中的回光返照、水月镜花罢了。

◎

现如今,"旅行"成为都市人的良药,旅行社的广告语也是对症下药:"身体和灵魂必须有一个要在路上。""旅行是在追求自己的诗和远方。""不旅行不足以语人生……"

但是,真的是这样吗?

曾经在帕慕克的作品《伊斯坦布尔》里看到过一句话:"所谓不快乐,就是讨厌自己和自己的城市。"

这句话可以说是一针见血,完全映照了我几年前极度渴望旅行的心境。

早几年的我,刚从校园走出,各种人生难题接踵而来,应接不暇,一边艰难喘息,一边幻想着"理想自由的人生"。我厌恶格子间,厌恶冰冷的高层建筑,更厌恶身无长物的我自己,一时间没办法改变现状,于是我想到了用"旅行"来逃离,麻痹自己。

殊不知,这种避世方法,对真实的生活毫无用处,反而会在旅行后,让自己陷入一种更可怕的落差中。

这几年看过很多"裸辞"去看世界的新闻,网友们纷纷表示羡慕,甚至有些年轻人书也不读了,只管用脚去丈量世界,完成一种名曰"实现自我"的人生旅程。可是实际上,远方的门票很贵,每一种光鲜每一种洒脱背后,必然也牺牲了什么,甚至有着不可估量的代价。

当一个人选择不顾世俗的眼光，做着特立独行的事情，也就意味着放弃了世俗的部分责任和义务。

一个不工作只是穷游的人，可能有最牵挂他的家人；一个放弃学业只想遨游世界的年轻人，可能有强有力的家庭条件作为支撑，至于父母对他的拳拳期待，大抵是在一个寻常的日子里，拗不过子女的坚持，缴械投降了吧。

曾经看过某位名人说过一句话："生活不止眼前的苟且，还有诗和远方的田野。"

我同意。但我更想说，一个人若是连苟且都没能做到，却不顾一切要抓住"诗和远方"，那这份"诗和远方"就成了新的苟且。

◎

"诗和远方"固然值得向往，只是一旦这种向往被过度解读，营造成一种焦虑，诗和远方也就变了质，不值得我们憧憬和期待。

旅行应该是一件轻松的、没有任何包袱的事情，旅行可以达到一定的治愈目的，但绝不能让你彻底摆脱现实的压力。

比起花掉全部的存款，期待一场旅行改变乏味的人生，我更建议你想办法积累资本。

人生漫漫，路要一步一步地走，风景要一点一点地看，灵魂要一寸一寸地丰盈，你以为的"诗和远方"，没有一处不需要真金白银的车票和门票。

朋友，我希望你能去任何你想去的地方，说走就走，当然，前提是，你旅行的目的，不是为了逃避你的现实人生。

辑二

要勇敢，不要完美

人要学会抓主要矛盾，学会放过自己，并且接受永远不可能完美的自己，这是一种莫大的智慧。

一个不漂亮女孩的斗争史

◎

前段时间,我刚用遮瑕液遮完左侧脸颊的斑。因为要去练车,教练不让披头散发,说是影响视线,于是很久不化妆的我,还是拿起了粉底液和粉扑。

我从小不算爱美,因为总是在日头底下晒,所以一身黝黑的皮肤,再加上头发天生就是黄棕色,整个人看起来极其暗淡。

用朋友妈妈的话来说:干瘦蜡黄,有点儿苦相。

对于不漂亮这件事,我早就有了自知之明。小时候和一群孩子玩耍,大人们互相夸各家的孩子。

别的小孩是眼睛真水灵,长得真好看,模样真俊俏,到我这里,个头可以哦。我时常问爷爷奶奶我是不是真的不好看,也会问,为什么我皮肤那么黑。

他们是这个世界上最爱护我的人，因此不管我怎么问，总是毫不犹豫地夸赞我，说我没有一丝一毫的缺点。

每当我因为外貌、因为同学们起绰号感到郁郁寡欢，他们也会第一个为我打抱不平。为了说服我，爷爷总会伸出手来，用他粗糙犁黑的手面跟我比一比，而后用一种郑重的语气告诉我：黑是一条汉。

他说，晒黑了是因为要下地干农活，干农活了才吃得饱穿得暖。他的道理不算多，说起来也没那么难懂，不过他喜欢循序渐进，等到把我忽悠得点头如捣蒜，爷爷会继续追问：爷爷晒黑了让咱们家吃饱穿暖，你说爷爷是不是好汉？你跟着爷爷在地里晒着，你也是好汉。你说对不对？

我说：对！

这真真是个真诚又好识破的谎言，等我长大一点点，就明白这是老人家倾注了爱在里面。在青春期懵懂之前，我的容貌焦虑还不是那么明显。

我只是知道自己不漂亮，没有雪白的皮肤，没有灵动的双眼，也没有精致饱满的鹅蛋脸。直到有一天，班级的女生们开始讨论潮流衣服，讨论白皮肤多好看，讨论一白遮三丑，我一下子就感到自己的黯然。

那种不开心好绝望，那种"无法改变"的失落，我至今想起来还是感到隐隐心酸。

◎

　　再后来，我读大学，宿舍的女孩们都拥有了自己的镜子，我也买了一个，椭圆的，木质底座。室友们在镜子面前学习勾眼线，学习刷睫毛，而我却在我的脸颊左侧，发现了拇指大小的褐色胎记。那个胎记比皮肤的颜色深了好几度，不过因为我本身皮肤黑，常年没有细照镜子的习惯，胎记也就从没引起注意。

　　我的父母不知道，我老花眼的爷爷奶奶不知道，我自己也是在快20岁才突然发现。这是个好大的秘密，这个秘密被我自己发现的那天下午，心里阴沉沉的，大片积雨云浓而厚。

　　我偷偷下单买了一瓶粉底液，一个人试着去遮盖这块胎记，整整一个下午，我一遍遍看着镜子里的自己，属于女孩的心性在那一刻画上沉痛的句号。

　　它怎么也遮不掉，它耀武扬威。

　　它让我更加不自信，无法接受旁人多一秒的细看，我把头发拨到脸颊两侧，一次次去观察，怎样才能很好地将其隐蔽。

　　当然了，还有其他的，比如我始终觉得自己脸很宽很大，嘴巴也太薄了，眼睛不够大……我不再渴求变美，但容貌焦虑的那扇门虚掩着，随时随地会因为别人无心的玩笑而打开。

　　这并不是个矛盾的议题，就像我从不渴求我的父母重新在一起一样，我早就接受他们各自有家的事实。

　　但我对完整家庭的向往，比任何人都强烈。

不过这也从侧面证明了一点儿，我有一点儿很多人都没有的智慧：丢掉不切实际的幻想，专注别处。

当我清晰地知道，这辈子绝无可能因为漂亮而被爱或者因为漂亮而使得我耀眼，我就暗自发誓：以后不会"服美役"，时间上金钱上都是。而后就是一路武装到牙齿的坚持了。而后就是很多人无法理解的拼命赚钱的八年。

一个放弃外貌的女子，要么是对人生摆烂，要么就是要在除美貌之外的地方努力。我便属于后者。细数过去无数的日子，印象中为了变美做出的改变屈指可数，大学第一年，我顶着一头短发踏入校园，直到第二年暑假才扎起人生中的第一次马尾，就连宿管阿姨都说，刚开始来的时候皮肤黑的哦，真像假小子。

我在工作第一年才烫了人生中的第一次大波浪，和闺密一起充了理发店1000元的会员，那张会员卡里还有121元至今没有花掉。人生中最乐意做的一个变美项目大概是美甲，我的手指还算纤细，于是从我手里有钱可以做指甲开始，我就开始喜欢往美甲店跑。

大概十年了，我在美甲上确实花了不少。现如今的我，赚得还行，手里有余钱，也被不少人夸赞优秀。容貌焦虑还在吗？我告诉你，它还在。

有时候我很诧异，为什么我身边年入十万的男生，可以居高临下评判一个女孩的外貌、身材，明明他自己大腹便便，油光满面。

而又是为什么？

我赚得比他们多，我却没有那种"自信"，面对一些外貌的恶意中伤，还是第一时间选择了尴尬笑笑，不愿意据理力争。

我反思了一下，这种自卑和不自信从小就根植在我的骨子里，就像我爸爸也会说：怎么我女儿皮肤那么黑，一点儿也不像我。

有意的、无意的，调侃，调笑，太多了，多到我觉得这是我自己的问题，我为我的不美感到尴尬和抱歉。

而二十几年后，我经济独立，靠金钱粉饰了一些东西，但终究是杯水车薪。我是完全在不被看好的声音里成长起来的，所谓的坚强、自信，都是靠后天包装，健康的充盈的自信的嗅觉，也都是后天靠自己去摸索，脆弱易碎，并不牢固。

◎

我还是真诚地希望大家能够感受到爱，以及发自内心地享受人生的每一种状态，比如工作，比如想变美的心情。不要像我一样，现实又悲观。也许是因为，我的成长道路有些崎岖，我真正过过比较辛苦的日子，所以我不会被金钱带来的"温柔以待"征服。

我还是不漂亮，容貌焦虑越发具体，皮肤暗沉、雀斑、毛孔、色斑一样不少，但是既然，大家只看到我的优秀，那我也不想再去纠结了。

  人要学会抓主要矛盾，学会放过自己，并且接受永远不可能完美的自己，这是一种莫大的智慧。

  好多年了，我接受了自己的这张脸，丑还是丑，但说真的，赚到钱后，容貌焦虑也就偶尔发作。经济独立，生活自由，已经拥有了那么多了，我就不再执着于皮相了。

  武装大脑，丰富自身，你会发现，皮囊对于你的人生而言，如此轻飘。

按照自己的意愿生活

◎

　　四月初的时候,我将老家的空房间收拾出来,把书桌搬了过去,读书、写作、观影,都在那里。

　　那间房原本没有粉刷,毛坯样式,因为常年没有人进去,打开门时,门后还结着一张很大的蜘蛛网。当时爷爷觉得不可思议,这样的一间房怎么能用来办公呢,他否决了我的想法。

　　不过我还是下定了决心,私下联络做粉刷的师傅,请他抽空过来一趟。墙面一粉刷,我再把书桌搬过来,放置一些书,这里总不会太寒酸。

　　于是说干就干,先是在师傅的指导下买了一桶油漆,又去爷爷的"仓库"里找了些塑料纸,对了,还去邻居家借了一架梯子,可以说万事俱备,只等手艺人上门。

　　短短一天的工夫,原本的毛坯房就变得明亮,一扇大窗引渡大片日光。我又从网上购买了一些书架和置物架，摆上我的书和装饰品，整个房间竟然有一种另类的简约和清新。

书桌临着窗户，写累了就转头看看窗外，那里一眼望过去，有大片盎然的绿。

红瓦、施工到一半的楼房、叽叽喳喳的鸟叫，还有不知疲倦的鸡叫声。

和爷爷奶奶在逢集那天，一起去花卉市场买了些植物盆栽。百合、富贵子、富贵竹、长寿花、蓝绣球、仙人掌、郁金香……

郁郁葱葱、朝气蓬勃。

◎

一直都不知道，原来买一些花花草草是这样幸福的事情。

更幸福的是，我亲手将花骨朵浇灌成鲜花，将愁容满面的枯叶修剪掉，将干涸的泥土打湿，我和每一株生命都建立了关联，我对每一个明天的期待又悄悄多了一点点。

我依稀还记得过去几年疯狂赶地铁打卡上班的日子，还记得淋雨回家崩溃大哭的日子，那些光景让我迅速学会长大，也让我几乎没有时间观察生活、观察我自己、观察任何一朵花开甚或墙角的蚂蚁打架。

现在的日子照旧是匆忙的，但又丰盈简单。

彼时疫情当前，很多人工作不顺，就业困难，为生计发愁。

而我不可谓不幸运。

2020年初，疫情暴发，我回到乡下过春节，被滞留老家长达四个月，大家都因为降薪失落的时候，我却因为签约作者身份，在家净赚了六万左右。

再后来我在上班及兼职写稿的同时又做起了自媒体，也是做得风生水起。

日子就这样晃呀晃，疫情还在继续，而我已经靠写作买上了房，回到了老家，自由撰稿，提前实现了"财务自由"。

◎

人生真的是很神奇啊，几年前我还会因为房租太贵只能5人合租而自怨自艾，几年后，我活成了许多人羡慕的样子，每月有着五位数的收入，却在农村过着再普通不过的日子。

一年了，岁月像念珠般划过去，后知后觉。

四季流转了一轮，这是我成为自由职业者在农村的第二年。

我惊奇地发现，过去在城市没有一刻不在紧绷的身体，如今已经完全轻盈。原来生活状态真的可以改变一个人。

当然，在农村生活这件事也不是谁都能理解，不少朋友劝我去见世面去开阔眼界，到大城市闯一闯。

如果是刚毕业那会儿，我想我会认同这些朋友的建议。但我已28岁，我经历过三次职场，也在城市里看过繁华和热闹，日复一日的生活让我逐渐认识了自己的内心，也深知自己真正的渴望。

我想自由，想不被规则束缚，想要遵循自己的内心，去做一些随心的事情。

城市的建筑恢宏壮阔，华丽的商业中心更是让人眼花缭乱，但这些不属于我，并且不曾在任何时刻让我心生向往。

村上春树说："不管全世界所有人怎么说，我都认为自己的感受才是正确的。无论别人怎么看，我绝不打乱自己的节奏。喜欢的事自然可以坚持，不喜欢怎么也长久不了。"

我还是喜欢农村简单而又淳朴的人际关系，喜欢在旷野里听蝉鸣、在河埂上看麦田收割，那是我在感到疲惫时就可以驻足休憩的地方。

现在是下午5点，麻雀停在不远处的电线杆上，婉转鸣叫，室内的百合，已经在我的浇灌下，开出了第一朵花。

就像麦家说的，人生海海，潮落之后是潮起，你说那是消磨、笑柄、罪过，但那是我的英雄主义。

如何对抗人生的虚无

◎

一个原生家庭有缺陷的人,往往更早有伤春悲秋的忧愁。

我的父母在我三个多月大的时候就协议离婚了,闪电结婚的他们,闪电离婚,而对我的抚养义务被父亲丢在了爷爷奶奶身上。

成长的过程中,爷爷奶奶尽可能细心地照顾我,但因为转学到县城的缘故,丑小鸭一般的我无时无刻不在衬托别人,原本就内向的我,更加自卑敏感,忧伤疯长。

我逐渐意识到自己和同龄小孩有着怎样的不同,也能敏锐地察觉周围人对我的"打量"。

"父母离婚了啊,性格没问题就好。"

"穷人家的小孩早当家。"

最感到耻辱的一次，是我刚转学过来的第一次班测，数学考了很高的分数，老师不相信我这个乡下过来的转学生能有这么好的成绩，硬把我和班级后二十名的学生放到实验室里重新考了一次。

考试结束回家的路上，我为自己遭受的羞辱狂哭不止，我到现在也能想起那天的光景，我背着书包一路哭个不停，所有路人都投来复杂的目光，我那时觉得整个世界都没有善待过我。

是的，就是那些时刻，被怀疑的时刻，被忽略的时刻，被漠视的时刻，被冷待和怜悯的时刻，我无数次思考活着的意义，脑海里似乎有两个打架的小人，一个劝我堕落，一个劝我坚强。

劝我堕落的小人总是说：

活着真没意思，干脆像烂泥一样沉积在臭水沟里吧，反正大家都不喜欢你。

劝我坚强的小人说：

你还可以长大，现在活着没意思，长大了兴许有意思呢。

贫穷、离异家庭、容貌自卑、偏见，每一样都是我的心事。我把少得可怜的零花钱攒起来买密码本，每一页都写满了我对命运的不满。

那里是我唯一的情感出路，情绪砸在每一页纸上，却没有任何的反馈，关于活着的意义，我有很长一段时间都在思考，却始终没有答案。

◎

不过我也应该庆幸的,庆幸在某个天气很好的周末,因为一场突如其来的大雨,让我不得不躲进一家书店里避雨。

那场雨来势汹汹,根本没有要停下的迹象。而正因为那一场大雨,让我去了书架翻书,这一翻,竟然改变了我后来的人生。

此后,我在每个周末都会去新华书店,那里看书不要钱,也有崭新的椅子,冬天有暖气,夏天有空调,简直就是一个穷学生的天堂。

大多时间我都会在新华书店的二楼待着,那里的座椅很少会满座,偶尔我找不到座位,就抱着书坐在地上读,一两个小时里,我沉迷于文字世界,完全不被任何因素影响。

读书这件事慢慢占据了我的空余时间,它起先只是让我没空"胡思乱想",紧接着又帮我在作文上拿到过数次高分,再后来帮我开启了写作的赛道,让我在大学毕业后找到了一条绝不会后悔的写作道路。

我有时感到不可思议,有时候回顾自己人生真正改变的时刻,或许不是我以为的靠写作月入过万的25岁,而是我在书海里畅游的14岁。

14岁,我开始真正思考"人",开始有眼界,开始不再囿于自己支离破碎的家庭。

我开始好奇书里的世界,开始探索一些从未接触过的话题,开始看活在书籍里的历史人物……中间无数次碰撞出思考的火花、智慧的对答。

当我有了"读书"这件具体的事可以做,我好像很少再去顾影自怜了。尽管偶尔还会在痛苦里怀疑,却没有过去那么悲观和执迷。

◎

上大一那年,我有幸在网上看到过一句话,至今铭记于心:我只懂得一种活法,那就是找一件事坚持下去,以战胜生命的虚无。

那是2015年,我读大学的第一年,专业成绩倒数,在集体中不合群,常常独处。

彼时的我对这句话还没有参悟,却莫名有种被当头棒喝的感觉。

七年过去了,我从美院毕业跨行文字工作,我努力成长,收入可观,每天的大多时间被填满,还收获了一些赞誉。

但当我再次回想这句话,我突然感觉我似乎参悟了它。

当我在思索"活着的意义"时,我已经是在对虚无的人生做无声的反抗了。

读书和写作这两件事,着实陪伴了我很久,久到在我自己都没有发觉的时候,它们俨然已经成为我寻找人生意义的法宝。

时至今日,我也没有一刻感到自己战胜了虚无,我也不敢说我找到了人生的意义，我只是找到了对我而言弥足珍贵的东西。

我明白，人这一生就是一直在寻找答案，这个答案找到了，还有新的迷茫和探索要去跟进，虚无不可战胜，虚无永无止境，我们再怎么努力也只能尽力消解当下的虚无，这是无解的人生议题。

我们从呱呱坠地到耄耋之时，中间数十载都被迷茫裹挟捉弄。本质上，我们每个人的人生都是在虚无中开始，也是在更深层次的虚无里结束。

至于停留在低层次的虚无，也很好懂，比如刷短视频、靠打游戏收获瞬间快感、沉迷物质的虚荣。

或者拿我自己举例，我14岁那年的低层次虚无是，别人家都有小轿车，而我们家只有自行车；别的同学周末可以吃肯德基，而我想吃一块葱油饼却囊中羞涩；别的同学都会说普通话，而我总是因为方言闹笑话。

攀比、虚荣、妄自菲薄，那是14岁的我的虚无。

而随着年龄增长，这些虚无因为心智的逐渐成熟而消失殆尽，被新的虚无代替。这些虚无让我在迷雾中前行，也铸造了今天更加丰盈的我。

◎

成为自由职业者的这一年，我数次思考过"生命""虚无""活着"这三个空而大的议题。

但有读书、写作这两件事，无论身处乡野又或是置身闹市，低级的虚无已经追不上我。七年前的迷茫和焦虑如今看来不值一提，我有了新的方向需要探索，也有了新的虚无需要摆脱。

我开始不再执着于"战胜虚无"，而是通过写作、阅读去对抗它，最终得以平衡内心。

虚无不可战胜，但却可以因为热爱和坚持得到一种寄托，一种名曰"独立与自我"的精神，与之对抗和平衡。

罗素在自传《我为什么而活着》中写：

"对爱情的渴望，对知识的追求，对人类苦难不可遏制的同情心，这三种纯洁但无比强烈的激情支配着我的一生。"

如果此刻的你也感到空虚和迷茫，不妨找到你人生中强烈的激情所在吧，不妨坚持一件具体的事，去和虚无正面开战。

当你不断地找寻那份炽热，找寻的过程、坚持的过程，就是消解生命虚无的过程。

那时，你会感到你短暂生命的升华和意义。

人生变好，是从变坚强开始的

◎

向阿姨借一千块钱这件事，我一直耿耿于怀，现在回想起来，借钱时的心境还是无比清晰，羞耻、难堪，恨自己的无能。

跟阿姨借钱那会儿，我刚毕业，面临就业难题，全身上下只有4000块，我一个人拖着行李箱，踏上了前往南京的大巴，准备在那座城市找一份工作。

出发的那天，天气很热，爷爷骑着电动三轮车把我送去车站。他跟我说：年纪大了，以后不能帮你更多了。

我没有接话，鼻腔却瞬间酸涩了起来，我强行忍着眼泪，淹没在人流里，希望留给他一个勇敢的背影。

那是2018年的夏天，小城的车站里总有人出发，我坐在车厢靠窗的位置上，看到爷爷站在车站的出口对着我挥手，在暴烈日头下的城市被慢慢甩在身后，爷爷的身影越来越小，直到消失不见。

我望向窗外，树影急速后退，前路并不清晰，只是在备忘录里写下了一句话：

走出去，别让人看低你。

◎

说真的，我对钱没有概念，对南京这个城市也没有概念，原本以为大学攒的4000块可以让我在找工作的期间过渡一下，但是真的到了南京，才发现4000块是杯水车薪。

我不敢贸然租房，因为工作尚未确定，我也不敢住旅馆，因为每天的吃喝及交通就要50块起步，我又想到工作后不是一上班就有工资拿的，于是下车的时候，我就坐在行李箱上，将3张银行卡和支付宝里的钱全部加在一起算了一遍。

那是我最狼狈无助的一天，在南京小红山汽车站看着人来人往，还没在那座城市生活过一天，就觉得被捶打得抬不起头来。

我在几番纠结下，打通了已在南京落脚的朋友的电话，语气小心翼翼，生怕对方会为难。

所幸，朋友二话没说同意了，让我跟她挤一挤她的小单间，我感激得语无伦次。

和朋友住到一起才知道，那时她刚刚谈了一个男友，正在热恋期，我的存在无疑是有点儿尴尬的，每次她的男友过来，我就像一个1800瓦的大灯泡，无处可避。

为了不将这份尴尬持续下去，我半夜两点多都在投递简历，恨不得立马搬出去。

◎

末流美院毕业的我，大学时期专业也是末流，找工作的时候，大学四年的专业并没有为我加分。

反倒是凭借为杂志和新媒体写过文章的经验，让我在面试时被高看一眼，轻易得到了我的第一份工作——原创编辑。

工作确定了，紧接着便是开始找房。朋友和我一起在租房软件上翻找，预算之内的房源只能是群租性质，我越看越灰心，越看越沮丧，看到最后，老老实实去看了群租房，几番对比之下，我定了地铁底站每月1250元的次卧。

那房子很干净，房间不大，却有一个让人心情明朗的飘窗，我一眼看中，旋即给我妈打了电话，让她给我转钱急用。

她倒是没有为难，很爽快地说给我打钱，只不过最后只有2500块。她给我回了电话，理由是不能一个人承担，要我无论如何要从我爸那儿要点儿钱。

她后来又絮絮叨叨说了很多，无非是怪我不会撒娇不会讨我爸欢心，说我不像是有了个后妈，反倒像是有了个后爸。

我闷声回了很多声"嗯",但看着到账的2500块,心里默默又下了一场无声的大雨。

我妈只是对我爸不满,对我没有恶意,但这些年,很多话还是无意中伤害了我,包括我不会撒娇、学不会被爱这件事,这让我觉得错都在我,是我的问题。

◎

我又厚着脸皮打通了我爸的电话,老老实实交代了境况后,电话那头是意料之中的冷漠,他沉默了一会儿,给出了他的回复:你去找你阿姨,你去问她要,她一定会给你。

那条路到处是施工的工程,空气里扬起尘土,我听着电话里那个"靠谱"的建议,还是没忍住掉下了眼泪。

那一刻我突然悲哀地想,自己一直以来就像是一只被踢来踢去的皮球,多多少少是惹人嫌的,并不招人欢喜。

晚一点儿的时候,我拨通了阿姨的微信语音电话,开口的时候已经略微有些哽咽,不知道这情绪的爆发是因为什么,我自己回头想的时候也没有想通。

是因为羞耻心和尊严被碾碎了吗?是因为亲妈亲爸之间的推脱吗?还是怕仍旧要不到钱没办法付房租呢?我不知道。

我只知道当日的心情,如今回忆起来还会感到脸颊发烫。

◎

从那时候开始吧，我暗自发誓一定要多赚钱，一定要独立自主，这种卑微的姿态最好以后都不要再有。

工作的那三年，我早晨6点半起床写稿，坐地铁通勤的两小时里，找资料、做选题，最疯狂的时候，我给自己批发了一箱米稀当早晚饭，只为了节省时间写东西，多赚点儿钱。

很多年前，当我知道身后空无一人，也没有所谓的爱可以加持风云骤变的人生时，我就想通了很多事。

比如我必须买一套属于自己的房子，比如我必须拥有谁也拿不走的生存技能，比如必须努力赚钱，我的人生才能拥有一些转机和变轨。

人活着总要有许多能量，没有能量就不会早起，也不会努力，更别谈逆袭。

而我能够始终咬着牙坚持，只不过是舍不得自己，舍不得爷爷奶奶独自生活在乡下，日子清苦，没有照应。

这是我一直以来咬牙前行，狠逼自己的动力。

很多人说我活得太累了，说我应该两手一摊躺平，但讲真的，我不知道怎么活会轻松，我也不太认同很多人的轻松。逛街吃饭，拍照打卡，这样就是生活轻松的表现吗？不同人对轻松的定义不同。

能够陪着奶奶去医院，并且不为钱发愁我觉得轻松；能够拥有自己的房子，我觉得所有的努力都值得。

我用我自己认同的舒服、轻松的方法生活，真的没你们想的那么累。

◎

前几天看许知远的《游荡集》，里面有一句话我深有体会：

太多人误以为自己的经验就是全部的经验，对更大的、可能迷失的世界心怀抵触。

我从出生开始，就接受自己破碎的家庭，面对自己的平庸，承认自己性格上的缺陷、成长过程中的种种。

你们对爱、对生活的总结和经验，无法成为我的。我们各自的人生对别人而言或许总是乱码，但于本人而言，却是有序的组合。

当然，不同的人眼中，乱码也是不同的，这里不好，那里不完美，这个性格要改，那个观念不对……

我不想求同，但希望大家能够接受"异"。

那些拼命赚钱的人，那些拼命省钱的人，那些拧巴又自尊感极强的人，这些人背负的人生，或多或少和你不一样，你可以不理解，但应该尊重。

无须众望所归，只愿和平庸对峙

◎

我的一切规划就是为了成为一名自由职业者。

那句话定格在2018年9月12日，产生于一场提前转正的述职谈话中。

公司人力资源部负责人的眼睛里充满了欣赏，她为我冲了一杯咖啡，言语里都是褒奖，我一时间被"冒充者综合征"困住了，我问她，我真的有那么优秀吗？

她说当然，试用期3个月，而你只用了17天。

她紧接着问了我的职业规划，是继续做出好的业绩，为公司写出更好的文章，还是想离开南京去更大的城市发展？

我的脑子里缓缓跳出"职业规划"四个大字，初出茅庐的我，在职场上第一次被这样尊重和肯定，一时竟不知道怎么回答。

我不是那种一开始就有极大抱负的人，从读书时代写稿到后来做新媒体，一切的前进都是被生活推着赶着，我只是一个谋生的人，仅此而已。

那天的我，没有说出很好听的话，在对方的问询下，也不过是诚实地回答了一句：

我希望有天能够被更多人认可。

◎

这场谈话结束的晚上，我在我的微博账号页面上写下这句：我的一切规划就是为了成为一名自由职业者。

我希望没有人再问我的职业规划，我希望自己拥有自由之身，我希望不再因为高昂的房租产生对生活的无力感。

我希望，我能抵达我自己。

时间来到2022年，如今的我已经成为自由职业者有一年半的时间了，我在2021年的3月再次离职了，也是最后一次。

离职那天，我做完工作交接后，把平时接触到的文字平台绝大部分取消关注，只留下三五个自己喜欢看的小众文字博主。

我站在公司附近的一家便利店里，望着玻璃窗外林立的楼宇，一时间有种热流在胸口涌动，似要喷薄而出。我终于要离开格子间了，也终于可以自主选择想要的生活方式了。

三年的时间，我真的完成了当初和自己的约定。

回忆过去这几年，更新网络文章，更新随笔，闲闲散散在自己的自媒体平台胡言乱语，赢得了一些人的喜爱，让我得以在离职后维持生计，获得基本的体面。

和很多大品牌合作，也有了自己固定的变现平台，我的职业规划我自己说了算。

没有公司成就我，我单打独斗，自己成就自己。

没有一夜暴富、一夜成名，两台电脑里储存的文档，备忘录里几千条随笔，以及众多平台的文字更新，都见证着我爆发式的成长。

至于当初摆脱不了的"冒充者综合征"，现在也早就被我远远地抛开。

我明白，没有天降好运，是我自己争气。

◎

以前看过央视对羽生结弦比赛的一句解说词：命运对勇士低语，你无法抵御风暴。勇士低声回应，我就是风暴。

也许你们不信，当时的我听完这句话，心中倒灌了一股酸涩，我满腔的不甘啊，我从出生起就经历命运的沉浮。

我没想过自己能跑多快，我也一直害怕自己跌倒，但你知道，饱尝艰辛长大的小孩，最不缺的就是努力以及死磕到底的坚持。

我感谢当初写下的小目标，也感谢我自己从未动摇的决心。

三年了，说长不长，说短不短，我假装自信地走在城市的道路上，像一个真正长大的成年人。

只是时间打马而过，城市的高楼让我感到枯燥，每天在格子间为了制订的工作目标机械地敲字，让我一度丧失了写作的热情。

在城市工作越久，虚无感越发不可收拾，一颗心从没有被塞满过。

我好像泄了气的气球，干瘪，无法参与到群体的高潮中去，无论是怎样的氛围下，我都无法感知到快乐。

即便赚了钱，即便关紧了所有的窗户，即便把租来的房子塞得满满当当，睡觉的时候，我总感觉冷飕飕的，像是有风从哪里跑了进来。

我时常想去看看漏风的缺口在哪里，我想从那个缺口钻出去，又或者把风口堵住，我想驱赶那份隐隐约约的不安感。

可是好久了，这份不安感如影随形。

我每天工作，每天上下班，和父亲的关系剑拔弩张，和母亲少有联络，唯一建立亲密关系的爷爷奶奶，远在千里之外的老家。

我很想他们，想我的爷爷奶奶，想把我拉扯大的两位老人。我在想，也许他们才是答案。

◎

从步入社会开始,在外的每一个晚上我都没有睡安稳。

夜晚的城市霓虹闪烁,车流交错,我站在租来的公寓阳台上和他们通话,没有一次不哽咽。

我和他们的缘分还有多久呢?有时候我辗转难眠,我掰着指头,一边计算他们的年龄一边哭得汹涌,我甚至不敢想,如果以后一直因为工作一年只能回去两次,我跟他们还有多少见面的机会。

所以,我还是回到了老家,回到了尘土飞扬的农村老家。

我用一个晚上的时间做了这个决定,并且做好承担一切后果的心理准备,去面对母亲的不理解、父亲的反对,以及周围人的不认同。

庆幸的是,这条路并没有阻碍我后来的成长。从事自由职业后半年,我攒到了一套两室房子的首付,在一座城市中拥有了自己人生中梦寐以求的房子。

不过我还是没有在那座城市居住,依旧选择了待在老家,陪伴爷爷奶奶,偶尔处理事务回那里,也会包车把两位老人带着,我去哪儿,他们便去哪儿。

日子慢悠悠的,也多了份从容和平淡,能够沐浴在爱里,我已经感到弥足珍贵。

◎

今年我28岁，在农村许多人的眼中已经不是特别年轻的"好"年纪了，倘若结了婚还好，但我未婚，似乎就多了一份和世界的格格不入。

我在这两年又多了需要抵抗的东西——世俗的眼光。

这也是我离职回老家前预想到的后果之一，不过等它真正到来的时候没有我想象的那么难熬。

我不停听着劝告、玩笑、揶揄、调侃，但也毫发无伤，仍旧怀着一颗感恩、勇敢的心迎接我每一次的年岁增长。

我不想去走那条很多人都去走的路，也不想在什么年龄就做什么事，有点儿疲惫，但甘心承担。

我猜，人生最好的状态就是现在。

我做出种种决定不再是迫不得已，我对生活终于有了主动的决心。

还是想说，回到乡野是我做过最正确的决定，这是我人生中第一次感到灵与物的平衡。

日升日落里，时光轻飘飘掠过，却始终有迹可循。

幼年的果树长至成熟，绿色的麦浪转换成燃烧的金黄，泥塘里扇叶下冒出粉色的荷花，寻觅吃食的野猫又长大了一些，转瞬间赤红的晚霞……

曾经被撕扯得裂纹丛生的心，在这一年里修修补补，以缓慢的进度被光填满，感知到生活的可爱，自然的生机。

城市里找过繁华的我，现如今只想在乡野里找诗意。

就做玉皇山上的山泉吧，不急不缓；就做今晚的明月吧，身处黑夜却也皎洁殊绝；就做我自己吧，不一定众望所归，满身富贵，却和平庸对峙，保有一份赤诚与本真。

请你一直向前走,不要回头

◎

我后来又会想起那个午后,阳光懒懒的,好像时间也在踱步,跟着我们一起惬意。

那是我和L时隔六年的一次见面,我们跨了半个上海,在一家咖啡厅里短暂地相聚。

六年没见了,但丝毫没有拘谨和尴尬,我记得我的第一句话是:最近没有不开心吧?

对于很多人而言,这句话好像没头没脑,不按常理出牌,但我们俩了然于心,她给了我一抹会心的笑容,而后也问了我同样的问题。

我说好着呢,长大了都是好日子。

我和L是有过一段深厚的革命友谊的,在我们都弱小无助的年纪,曾经相互依偎,紧紧抱着彼此取暖,童年对我们来说是痛苦的试炼,多的是遍体鳞伤的时刻。

幸福的家庭都是一样的，但那些不幸运的，多多少少都有些不同。

◎

我大概十二三岁的时候，见过L被父母拳打脚踢的模样。

L和我一样出生在不大完美的家庭，经济条件不算好，父母经常争吵打闹。

她的母亲因为婚姻不幸福，常常将怨气撒到她的身上。

我记得有一年春天，很多年没穿过新衣服的L，用买资料的50元偷偷买了一件牛仔外套。

那天她敲响我家的门，告诉我说："我今天去买了一件外套，我妈要是问起来，我就说你穿小了的衣服，顺手送我穿了。"

我没见过那样的L，笑得开心，她的脸上第一次有了少女的稚气。

不过我没想到，L的"谎言"很快就被揭穿了。

老师打来电话说，不强求买资料，但全班就你家孩子没买，L被抓了个现行。

◎

我站在那幢破旧的老房子外面，听着里面撕心裂肺的喊叫，第一次觉得，我的生活、我的家庭，或许比L幸运。

十几岁的我很害怕，不敢进去阻止，只能掉头跑开，去最近的一家药店买了两块钱的创可贴。

我知道，L又要鼻青脸肿了。

回忆飘回到L被打的下午4点，欲落不落的夕阳照在她的脸上，眼里都是倔强。

说真的，L很漂亮，但她的眼神总是凌厉，锋芒中有一种生人勿近的冷冽。L的嘴唇破了，嘴角血淋淋，牛仔外套上也有血迹，她的头发被抓过，额头的刘海秃了一大块。手腕也有血痕，一块一块的，应该是被掐或是狠狠拧过。

我撕开创可贴，不过L摆摆手，别过脸表示拒绝。

自始至终L只说了一句话：我想疼，我想记着。

◎

那个少女穿新衣服的美梦只做了一晚就碎了，她望着天，硬是没让眼泪掉下来。我打算安慰她，但她却说了什么呢？

L说：你爸妈其实还好，你别埋怨他们。

她甚至指着自己的伤口调侃：你爷爷奶奶护着你，谁敢动你一根汗毛？你偷着乐吧。

这就是L，一个在我幼年时期陪伴我治愈我的角色。我们常说安慰一个朋友最好的方式就是比惨，L就是这样安慰我的，用血淋淋的伤口，用窒息的家庭环境来跟我一一做对比，让我学会知足、让我懂得感恩，成为我小小世界里的盖世英雄。

有了L的衬托，曾经一味顾影自怜的我，开始心理暗示自己：你没那么惨，你其实很幸运了，你必须振作点儿。

的确，我在三个多月大父母就离异，他们后来各自有家，在幼年时我跟着奶奶住过棚户，在城市里上学，因为没吃过猕猴桃被嘲笑，住的房子也是老破小，但真的不算什么。

我还有爷爷奶奶全部的爱，我还有慰藉，和L相比起来，我岂止是幸运了一点点。

◎

L从小在垃圾中转站旁生活，就连那里的房子也是她大姨家施舍的，她经常被母亲暴打，很多次我站在垃圾房前听到她的哭喊，半夜里偷偷跑出来和她抱在一起哭。

这么说不是幸灾乐祸，而是，透过这个同样被命运捶打的玩伴，我原本有过的悲观念头被掐灭了。

我们都被家庭伤得体无完肤，我们同样想挣脱原生家庭的桎梏，但我懦弱逃避只会哭，而L被打得遍体鳞伤，还是大喊着要坚强，要走出去。

我始终记得L以前经常在我耳边说的一句话：

会长大的，长大就好了。

◎

读书时代，L是我的精神支柱，她明明自己也生活在水深火热里，但每次安慰我的时候，又像打不倒的战士。

现在，L离开家了。整整七年，她没有再回去那个让她遍体鳞伤的家庭。

她谈了一个在青岛做建筑师的男友，一个人只身去了青岛，她说她不想结婚，她愿意就这样谈一辈子恋爱。

我问她怎么敢背井离乡？L说，没什么值得留恋的，谁爱我我就跟谁走。

是啊，L不是那个只能被打的小女孩了，她有体面的工作，有爱她的男友，她凭什么不敢？

L的父亲在他50岁那年提出了离婚，她的母亲后来一个人回到了老家。人老了，没有丈夫陪伴，没有子女亲近，晚年孤苦。

大概是三年前的一个深夜，L突然给我发了一条信息。

"他们离婚了，我劝的。"

我问她，你没感觉吗？

L说：没有，有时候深夜会做梦，梦里还能梦到她打我，我手心的烫伤还没消呢，跟我一辈子。

那时我们都是24岁的年纪，明明已经独立自主，离开了原生家庭的环境，在外生活，但我们依旧有一处柔软和狼狈，很少为外人道。

当天晚上，我们说了一个多小时的电话，直到手机欠费，我们哭着笑，笑着哭。幸好啊，幸好还可以长大，幸好生活不会一成不变，不会永远满是哀愁。

◎

我记得，东野圭吾在《时生》中说过一句话，他说：

"谁都想生在好人家，可无法选择父母。命运发给你什么样的牌，你就只能尽量打好它。"

L打好自己的牌了吗？我打好自己的牌了吗？

不知道。

好多事情，不是不在乎了，是算了。

那个总是对她破口大骂、对她使用暴力的母亲如今不再意气风发。

那个从小穿不了一件新衣服的女孩，现如今有了体面的工作，在远离家乡的城市，拥有了属于自己的小天地。

我呢？

而我，也在一步一步，努力朝着更好的人生奋斗。

大概是因为幼年受尽了薄待吧，所以自始至终，我们都深知唯有自己才能给自己更好的人生。

◎

我们都是属于那种会在心里默默做决定的人。去成为什么样的人，去成为什么样的女孩。

去掌控自己的人生，去把所有幼年时未曾得到的认同和呵护，在成年后靠自己的努力全部找回来。

很辛苦，过程中还会遭受很多的质疑和迷惘，好在一路上汲取了很多能量，好在也认识了太多优秀的前辈，以及获得了活得漂亮的人的关照。

日子变好了起来。我们看到了光。

那次午后的见面，是我们新生后的第一次见面，我们侃侃而谈，笑容满面，过去相拥而泣的光景还是历历在目，但总归已经释然。

看到曾经中伤你的亲人渐渐老去，行动缓慢，突然会想，算了，时间已给予了他们惩罚。我们能做的最明智的事情，大概就是向前走，一直向前走，不再回头。

今年28岁的我和L，骨子里还像当年一样，孤傲、善良，有自己的拧巴。

唯一不同的是，小时候总觉得命运未将她们妥善安置的两个小女孩，如今已经各自在心里造了一座坚固的城堡。

好好努力，不负遇见

◎

我第一次对喜欢一个人的概念有所察觉，是在初中那会儿。

那时候还没有微信，网络也没有现在这么发达，更谈不上什么触屏手机。所以一旦喜欢上一个人，除了书信，大概只能是坐公交，去他所在的学校偷偷看他几眼。

我暗恋的那个男生是我的小学同学，上了初中后偶然在街上遇见，彼时流鼻涕泡的小鬼已经比我高出一个头了。

我到现在都记得，碰面的那天他穿着23号的红色球衣，一群人背着篮球和球衣球鞋走过来，很像是慢镜头出场的灌篮高手集结，而他就是球队的王牌球员流川枫。

等我费了九牛二虎之力终于在聚会上和他称兄道弟，已经是在初中的第三年。

我后来拉着同桌去看了一场他的比赛，看完很后悔，许多东西当时就破灭。

男生打球的姿势都是帅的,只不过连连犯规,又因为脏话连篇差点儿在场上和对方球员起冲突。

我在边上看的时候,一颗小红心一点一点就那么碎了,所以赛后我准备好的矿泉水也被我自己喝了,听他抱怨队员、谩骂对手的时候,我感觉自己这两年都白瞎了。

那颗少女心,别说小鹿乱撞了,已经撞死了。

◎

这是我第一次暗恋一个人,完全是见色起意。

没有什么深刻的东西,自打那次看了他的一场比赛,我对这个人的幻想破灭之后,小心思完全覆灭,安静地读我的书。

我最近听朋友说起,他高中毕业后就辍学了,因为打架导致对方骨折被学校开除,现在到底怎么样,没有人知道。

我平生唯一看过的一次球赛,让我看清了一个人的品行,看脸的喜欢也真的持续不了多久。我在赛后对他整个人重新审视,在之后更加深入地了解下,他的行事作风都让我反感和厌恶,我完全不想和这个人有交集了。

因此,在和朋友聊到"暗恋"这个话题的时候,我才发出这样的感叹:暗恋这条路,很多时候都是悲剧的开始。

什么叫作悲剧?悲剧就是把美好的东西撕扯开来。

说白了，对一个人止于皮囊的想象，其实就是你一个人的美好幻想，完全没有依据，没有基础，以至于幻想破灭的时候一脸蒙，就好像原本以为对方是冰镇西瓜，结果走近了才闻到果蔬腐烂的恶臭味儿，所以要在没有完全被恶心到之前，赶紧溜之大吉。

不过换个角度来看，"塞翁失马，焉知非福"。

幻想破灭的时候，脑袋也就清醒了，否则一旦胃里翻江倒海，你可能这辈子都不想再吃"冰镇西瓜"了。

◎

朋友小锦也和我一样，在初中时暗恋过某个人，不过她的暗恋比较理智，也很励志。我们的暗恋发生在同一时期，她陪我看了球赛，我帮她去告白。

我记得很清楚，小锦那时候暗恋的是高一的学长，我就暂且叫他为L吧。

L高高瘦瘦，是典型的漫画男身材，长得很帅，是那种温润沉稳的帅。

L总是会走到我家楼下的那个站台坐5路公交车，所以差不多两年吧，小锦都会在中午的时间过来我家和我结伴上学。

我们在公交车上谈论很多话题，也会故意提高音量引起他的注意，不过这种方法简直蠢得可爱，后来L和我们熟悉之后，总是调侃我和小锦是两只聒噪的鹦鹉，没有因此讨厌我们已经是意外。

小锦在我们三个人的饭桌上喝了一瓶菠萝啤壮胆告白,她说,我就是喜欢你,不用你也喜欢我,你知道就行。

L特别善良地谢谢小锦的喜欢,并且送给小锦他的学习笔记。我们从陌生到熟悉整整经过了一个学期。

等到L升学到了隔壁的重点高中,小锦跑去学校的优秀学生名单上找到了L,摸着L的那张照片涕泪纵横。

中等成绩的小锦为了L,在来年也去了隔壁的高中,虽然进的是那所高中的普通班,但小锦还是很感谢L的鼓励和温柔以待。

值得一提的是,再后来我们三个成了好朋友,而小锦开始了一场轰轰烈烈的初恋。

我问她是不是因为得不到L的回应才随便接受一个男孩子的告白。

小锦的回答是这样的:

心里的那一丝慌乱和羞怯都是在我不认识L的时候才有的。成了朋友,就觉得,原来他就是他,不是什么仙风道骨的高人,也有每个人都有的烟火气息,我从来没想过要得到L的什么回应。

◎

我还是比较佩服小锦的,因为一场暗恋跃入了她曾经想都不敢想的高中。

直到现在，L都是小锦嘴巴里时常提及的良人，给过她盛大的欢喜，给过她无尽的鼓励，像是遥不可及的星空，却又在她的头上洒落过星光。以至于后来，不论小锦走到哪里，提及生命中的某个特殊存在时，L都是唯一不可替代的。

我们当中的大多数，其实都有着大同小异的青春，被暗恋还是被明恋，去告白还是被拒绝，那点儿天地一新的明朗，那天红了脸的慌张，还有课桌上的三八线，校服背后的恶作剧涂鸦，都是悸动的一刹那。

这些微妙的心理变化有时并不起眼，而有时候，又像是施了魔法，叫你马不停蹄地努力奋进。

不怕你们笑话，我后来，又暗恋过一个男生。

那个男生稳重内敛，沉默如山，我在他身上学到很多课本上没有学到过的东西。

比如专注、谦逊、低调。虽然没有故事里由成绩不好的学生反转为学霸的情节，但好歹，在那之后我期待更好的自己，抱着能和他一样优秀的愿景一步一步成长。

◎

朋友，不管你现在是处于单身还是热恋，暗恋或是暧昧的哪个情感阶段，都希望你喜欢一个能给予你更多勇气和力量的人。

哪怕是一场没有回应的暗恋，你也能因为这个人，发生正向的改变。

如果你遇到了这样霞光万丈的某人，还请好好努力，不辜负这场遇见。

这样的人，大概率是神明偷偷为你的人生打下的一束光，会久久照亮你的前路。

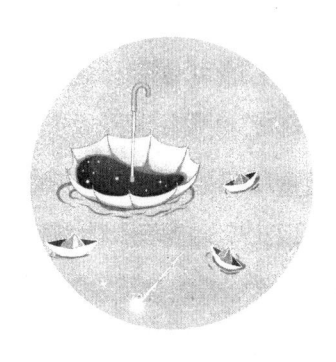

辑三

别做一个没有价值的好人

人活一辈子，自己是自己最久的伙伴，自己是自己最大的靠山，与其戴上面具像小丑般讨好别人，不如保持本真，尽可能取悦自己。

打份工而已，没有义务表演开心

◎

晚风一吹，我就知道，这已经不是夏天的风了。

收拾完画材，已经是晚上八点多。

卧室的窗户开着，窗帘悠悠荡着，没有了熟悉的燥热。

朋友在这时候打来电话，她说自己连续上班两个月无休，真的有点儿扛不住了。

我们煲了大概两小时的电话粥，毫无意外，我们的对话里夹杂着怒骂和自嘲，聊着聊着又开始无限伤感，怎么成年后进入社会，和我们幼时的憧憬大相径庭？

职场太虚伪了，虚伪到上一秒剑拔弩张，下一秒因为需要帮忙，对方还可以当作无事发生，跟你聊人生聊理想。

职场也太复杂了，复杂到你什么都不用做，仅仅是表情上没有"表演"到位，就会被认为情绪不好状态不对。

我也在职场待过，对此也深有感触。

那时我正做着第三份工作，老板很是器重，入职不久便提前转了正，成为公司内容部门的主编。

我信心满满，蓄势待发，但我确实也蛮讨人厌的，严苛、讨厌低效率，所以工作氛围很压抑，大家甚至都觉得我是女魔头。

老板察觉到了组内的氛围，在某个晚上给团队开了一个小会，会议上先是夸了我尽责，而后批评我过于严厉，导致团队氛围紧绷，没有了活力。

我照单全收，也想虚心改进，直到总结的时候，老板用"负面情绪大、不爱笑、脾气古怪"概括了我的问题，我一下子绷不住，差点儿哭出声来。

◎

那天晚上，我所在的城市下起了暴雨。因为没有带伞，我从地铁站一路淋着雨回家，委屈突然奔涌而来。

从小到大，我都不太被人喜欢，因为不爱笑，所以一直背着"脾气古怪、负能量"的标签。

进入职场后，我很想撕下这个标签，我以为工作上勤勤恳恳，成绩出色，就不会有人再拿情绪说事儿，但我没想到，职场也是一个需要表现的地方。

我承认，我是那种乍一看高冷的人，不爱笑，对于周围人的快乐,我总是没有足够的共振来回应。

因为小时候成长环境的影响,我的心里总是藏事儿,所以性格绝对算不上乐观开朗。

我总是……"不上道"。

你们知道什么是"不上道"吗?

是对方给了你台阶下,但你顽固地坚持己见,不接受对方的处事方法。

是对方想把你拉到他们的队伍中,但你却假装不懂,等着他们意识到你的无趣,自动走开。

你其实很清楚怎样能讨得大家的开心,但你太"不上道",拒绝合群,也拒绝"假嗨",你特立独行,有一种难以靠近的疏离感。

我就是这种人,从小到大都是。

也正因为从小就洞悉了人和人之间虚假的那一套,所以成年之后的我,已经对糖衣炮弹深度免疫。

有时心情好,我会陪着演一演戏,笑得开怀;有时候实在没什么情绪,脸上总是没有多余的表情。

那个真实的我,只想工作的时候做好分内的事情,生活的时候顾好自己的一日三餐。

我希望任何人都不要试图提高我交际的能力,更不要妄图让我变成热爱热闹的人。

我没有不快乐,我只是难快乐。不悲伤对我来说就是快乐。

◎

工作之后有一些同事曾问我：

你为什么不快乐？你总这样面无表情的，工作状态不对啊。

我不知道该怎么解释，没有快乐的事为什么要快乐？打份工还要表演开心才算合格？

说一万遍我也要说，难快乐不是缺点。难快乐的人凭什么要因为别人的眼光就假装快乐？

我没有义务要为了让你看起来舒心去表演高兴，我就是这么一个难以融入集体高潮的人。这不是缺点，这是我的自由。

我享受独处，享受沉默，享受任何波澜不惊的平淡生活。我就是那种天生爱藏心事的女生，我只在该笑的时候笑。

小时候找寻快乐的方法很多，没有手机，没有看人眼色的工作，且不用处理成人社会的各种关系。

年幼时小扇轻摇的时光很快乐；

放学回家吃到西瓜的时光很快乐；

被优秀的男孩子喜欢很快乐；

和一群好朋友吃到想吃的美食很快乐；

……

可现在，我失去这些时光了。

夏天一到就打开了空调；为我摇扇子的爷爷奶奶也越来越老；西瓜成了最最普通的水果。

而我呢，早就脱离了学校生活，那个表白我的优秀男孩，在时光里长大，和我匆匆忙忙谈了一场清浅的恋爱，然后牵起了别的女孩的手。

至于美食，我已经有能力购买任何我喜欢的美食了，可我的朋友们散落在别处。令我快乐的人不在我身边，不管做什么，我都没办法再找到快乐。

◎

我只能展现真实的我了，一个无聊的、枯燥的，同时无比真实的我。

我只是不爱笑而已，不是什么罪大恶极的事情。

我没那么爱笑，但我看到路边的流浪猫咪，也会停下来投食，看到迷路的小朋友，也会积极帮他找妈妈，我与人为善，也热爱生活。

从小镇走出来的我，靠自己拥抱了更好的人生，这还不能证明我的正能量吗？

就只是没那么爱笑而已，不是负能量、不是脾气臭，请允许这样的人存在，好吗？

停止讨好别人，学会取悦自己

◎

你是否也曾用"讨好"来建立关系？

你是否也曾因为"讨好"陷入过无休止的精神内耗？

在很长的一段时间里，我都是用"讨好"来建立关系的。不知道是不是因为童年缺爱的影响，我对关系的解读片面且浅薄，我以为讨好和迎合会获得对方的喜爱和重视。

成长的过程中，我害怕别人觉得我不够好，总是迁就他人，忽略自己的情绪。

起先，这种"讨好"出现在家庭关系里。父亲重新组建家庭有了儿子，我害怕被忽略，甚至怕会变成父亲眼中的累赘，于是用"成绩"和"懂事"讨好他，希望他对我刮目相看；母亲那边尽管没有再要孩子，但是舅舅家的一对子女和母亲的关系更加亲密，这也让我有一种前所未有的紧迫感，于是我再一次选择讨好。

再后来，我在社会里与人群往来，常用的一套方法还是"讨好"，尽可能与人方便，就算委屈自己，也不好意思和别人的意见相悖。

很长的一段时间里，我发现自己再一次没有姓名了，从家庭到自己的个人社交圈，我的存在感一度很低，为此我陷入严重的精神内耗。

为什么我做了那么多，他们却并没有真正接受我？

为什么，我越来越不快乐？

◎

父母对我的态度并没有变好，我也没有真正变得快乐，反而会时不时生出一种疲惫感，好像做了很多，又好像什么也没得到。

常常，我用第三视角静静看着自己的"讨好"行为，在没人的时候自省自查，自言自语，有时还会自嘲：你看你，讨好成这样，还是没有得到爱。

这种自我的纠结伴随我很多年，就像是没办法解开的心结，我始终不懂得该如何建立良性的人际关系。

直到我母亲查出患乳腺肿瘤的那一年，我也同时被查出乳腺结节三级和甲状腺结节三级，并且精神状态也出现严重的问题，彼时的我无暇顾及人际关系，宅在出租屋里疯狂写作。除了上班哪里也不去，在那段踽踽独行的日子里，我舍弃了某些不必要的人际关系，也看清了人生中的很多真相。

作家陈平说："我们不肯探索自己本身的价值，我们过分看重他人在自己生命里的参与。于是孤独不再美好，失去了他人，我们惶恐不安。"

我是强烈建议一些有讨好型人格的朋友去培养独处习惯的，当我们享受独处，让自己真正有事做，有值得专注的领域，我们会在自己身上找到价值。

那种价值是长久的，不是讨好别人换来的笑脸，也不是迁就别人以获取一种表面的合群。

这是我个人的亲身经验，有效、可持续。从前我看过太多远离讨好型人格的方式，我也尝试了很多，但是常常失败而归。

直到我真的独处，直到我经历了目前人生的最低谷，我开始反思，讨好的交际方式到底带给我什么？

真实的朋友？真挚的情谊？还是不可替代的位置？

都没有。

真正让我找到存在感、认同感的，不是迎合，更不是无底线的讨好，而是我的能力，是我的真实，是我的价值。

写稿多年的经验让我和很多合作的小伙伴有了信任基础，不少工作上认识的朋友也会私下给我介绍一些文案项目，我们互相帮助，惺惺相惜，彼此资源互通，让彼此的圈子和人脉更大更广，合作共赢。

一个人最大的悲哀，是成为没有价值的好人，而且从长远看，没有价值的好人其实算不上好人，因为现实一点儿讲，能为周围的人带来价值和正能量，才是真正的"好人"。

当你用讨好来展现自己的好，就意味着对自我的阉割，这样的人存在的价值如昙花一现，随时都有被丢弃的危险。这样的人不仅无法持续给到自己正向的反馈，反而会陷入自我否定、自我怀疑，到时候别说别人不会喜欢你，就连自己都会感到厌烦。

很喜欢《好的孤独》里的一段话：

"我们大可以活成我们自己，活得更本色一点儿，更真实一些，反正还是会有人喜欢你，有人不喜欢你，但至少你会更喜欢你自己。"

人活一辈子，自己是自己最久的伙伴，自己是自己最大的靠山，与其戴上面具像小丑般讨好别人，不如保持本真，尽可能取悦自己。如此，人生才有质感。

这是我花了十多年才领悟的智慧，共勉。

好的友谊，不需要苦心经营

◎

微博上有这样一个话题：因为什么删掉最好的朋友？

点击进去一看，都是博主们为网友准备的维持友情的方法。

比如坚持AA制。

再要好的两个人，一旦在花销上失衡，情感就有可能破裂，经济上的公平会让友谊更牢靠。

比如不要过问对方的感情问题。

劝分劝和都是不应该的，感情的成败该由当事人自己承担，不要搅和进去，否则可能会为友谊埋下隐患。

比如三观要在同一层次。

观念不同，对彼此的言行就多有不满和抵触，容易产生分歧，导致关系失衡。

再比如借钱。

朋友之间借了钱,往往也是对感情的一种考验。如果不想友谊沦落成债务关系,那最好不要和朋友借钱。当然,如果真的借了钱,白纸黑字,别说什么交情在这儿不用欠条。拎得清钱财关系,友谊才能保持纯粹。

最后就是保持联络了。

不管再怎么深厚的友情,适度联络方可以让友情得以维系。不想让感情变淡,还是要多多联络。

以上这些法子看起来倒是有理有据的,如果有心人牢牢套用方法,两个人绝对不会走到互删好友的境地。但我回顾自己这些年交友的心得,发现以上这些,根本不是我维持友情的方法。

我交朋友,从不苦心经营。

◎

我最好的朋友叫宁,我们相识于小学四年级,也就是我转学到县城的那个夏天。

那个夏天,我站在讲台上做自我介绍,因为普通话太拗口被同学们无情嘲笑,我黝黑的皮肤,短得离谱的头发,让他们像看小丑一样看着我,我的自尊心被反复打击。

宁是第一个主动过来跟我说话的女生,声音清清朗朗,看着我的时候眼神和善,完全没有别人所谓的那种"优越感"。

我们在那天握手,从此成为朋友。

在我努力适应城里生活的那段日子里，宁是第一个愿意理解我的人，她懂我的脆弱，也知晓我的敏感。无数次因为原生家庭郁郁寡欢时，宁是我唯一的树洞。

从四年级直到初中，我和宁都在同一所学校。

初中毕业，我和宁迎来了友谊的第一次考验，宁考上市里的重点高中，她的母亲带着她去市里读书，而我成绩一般，在县城的艺术高中读着美术课程。

从高中开始，我和宁默契地减少了闲聊，两个人专注各自的学业，我在美术班，绘画训练的时候基本忙得昏天黑地，而宁在市重点高中每天在题海里战斗，"升级打怪"往前冲刺。

高二备战小高考时，我因为一场车祸住进了医院，进行了手术。

在市里读书的宁，尽管学业紧张，还是连夜回来陪伴了我三天。这三天里，她无微不至地照顾我，打水、买饭、帮我洗头……不是亲姐妹，胜似亲姐妹。

大学更是不必说了，她考去了北京，后来读研又去白俄罗斯做交换生一年，我们熬过了八年的远距离友谊，用个不怎么恰当的比喻，就跟在异地工作的老夫老妻似的，没有天雷勾地火，也没啥轰轰烈烈，我们都在忙活自己的事儿，但只要对方有任何需要，都会毫不犹豫地成为对方的依靠。

最好的友谊，是各自忙碌却彼此惦念，是漠视空间和距离，依旧在心灵上相依。

这就是我认为的最好的友谊,我确信我值得并且也正在被对方珍惜。

◎

很不喜欢所谓的"朋友",在好久不联络之后,突然"诈尸"想要聊一聊,或者在有求于人的时候这样说话:

"你手头的事情放一放呗,你为什么不理我?"

这种话,其实有情绪勒索的嫌疑。语气和言辞都不是真正的朋友之间该有的状态,甚至我觉得,两个人如果真的是好朋友,就不会产生"对方是故意不理睬我"的想法。

我从来不维系友谊,不是我不为这份友谊付出心血。

而是说,我和对方的关系之所以能够称作"最好的朋友",那么我们之间的某些言行、习惯、三观、状态甚至是对友谊的态度,应该都是大同小异的,我们不需要惶恐担忧日后的渐行渐远,我们根本不会有这种不自信的念头。

我了解对方,亦如对方了解我一样。从经济条件到消费观念,从三观价值到人格品性,我们相互理解,也相互认同。

仔细想想,刻意维系的一段感情更像是某种无形的交易,为了两个人未来有所交集努力作出一些反馈,以此证明这段关系的亲密。

从某种狭隘的角度上看,更像是为了从对方身上获取些什么，所以才维系着。那样的友谊大多经不起推敲，并且容易在岁月里被消耗，这样的友谊总有一天会消失于无形。

◎

时光滚滚向前，奔腾不息。人生这趟旅程，本就是一个不断告别的过程。

我们无法阻止一个人从我们的生活中淡去，渐行渐远更是成年人的必修课题。你我及时告别，好好说再见，就没有遗憾可言。

要知道，人生就是来来往往，有人留下有人走开，这个过程帮助你留下了更值得信赖、更值得珍惜的人，留下的是人生中的贵客，而走开的，即是过客。

离别是感伤的，但共同经历的某段时光，意义非凡。

所谓"过客"，也曾陪你走过一段路，虽短暂，但也有真实的陪伴。

我们应该接受友谊的消逝，也应该坦然接受那些在我们的生命中驻足一会儿便作揖告别的人，要说声"谢谢"，谢谢陪伴，谢谢对方来过。

至于那些留下来的，根深蒂固的，无论如何都不会走开也没有走开的朋友，请拿命珍惜。

靠自己生活，才是人生常态

◎

18岁的时候，我还期待喜欢的人能够为我的人生兜底。

对方能忍受我的脾气，宽容我的古怪，他的肩膀和胸膛，都能让我依靠。

几年后，我还是那个我，但我对感情已经不那么较真和天真。

我的希冀一直没有变过，但自始至终，我发现这个世界上没有一个人能终其一生和颜悦色地接纳另一个人。兜底人生，更是天方夜谭，痴人说梦。

大学的时候，有一个男生跟我表明心意，但我总觉得缺了点什么，还想再等等。

直到有一天，我肠胃炎发作，一个人在卫生间上吐下泻，我打那个男孩的电话，希望他能过来把我带去医院。

我一直等，等到下午1点多，他解释说前一天打游戏太晚了，还没有起床，让我自己打车先去医院。

从那个时候，我意识到这个男孩子原来一直只是嘴巴上表达着对我的喜欢，我突然知道了我一直迟疑，没办法接受男孩的原因。

不管他身高如何，长相如何，多会花言巧语，这份感情都不值得开始。嘱咐我多喝热水的男孩给不了我安全感，嘘寒问暖和贴心的情话都太虚无，我要的是实实在在的关心和守护。

那是一个早春，乍暖还寒，我忍着痛坐上出租车，车窗外是凛冽的风，我开窗清醒了好一会儿，最后因为无意摸到了口袋里的四张毛爷爷，这才换来一阵心安。

曾经看过一句话：一个人能做到不依赖任何人，那么，他才算是真正长大了。

或许我一开始就错了，亲人做不到的，爱情中的人可能更难。我不应该对感情有不切实际的期待，或者说不应该指望别人将自己从火坑里救出来。

靠自己生活，才是人生常态。

◎

如果说那场肠胃炎让我看清了"爱情的不可靠"及"积蓄的重要"，那么写作则让我对未来的人生更有信心。

我人生中的第一笔稿费，我记得非常清楚，来自大一的时候，给杂志写的小说。

3000字左右的纯情校园故事，稿费475块。稿费打到卡上的当天下午，我用这笔钱给自己买了一支喜欢很久但是没有下单的口红。

那种感觉怎么说呢？依靠自己的努力付出得到了回报，喜悦是溢于言表的，说得夸张一些，那不多的稿费，好像让我面对未来的勇气也多了一点儿。

人都是这样的吧，触摸到最真切的、实实在在令自己欣喜的东西，内心才会有无可取代的踏实和坦然。

那支口红像是星星之火一样，小小的喜悦让我看清楚了，什么东西不值得我浪费心力，什么东西是我付出努力就一定会有回报的。

我对那个男孩子是有一点儿好感的，但仅仅是好感。不够我鬼迷心窍，不够我浑浑噩噩，更不够我不能自拔。

我从小就在一个离异家庭长大，安全感不足，敏感又理智。

当我知道对方痴迷网络游戏，对方在我需要帮助的时候没有做点儿什么，我就不会再去期待。

幼年时期的辛苦已经足够我成年后拿来惴惴不安了，我不愿意为一个不确定的人浪费时间，也不会像有些女孩那样，为喜欢的男生苦练游戏技术当他的辅助。

◎

自此以后,我不想着谈恋爱了,只想踏踏实实写作。

看着银行卡里越来越多的金额,我终于找到了一点儿"生活会变好"的实感。

每多写一篇稿子,我可能就负担得起自己想买的一样物品,甚至写得更多,会有更多意想不到的收获。

我相信我可以靠自己的努力过得更好一点儿,哪怕是一点点,我也愿意竭尽全力。

人和人的追求是不一样的,谁也别说谁高尚,谁也别说谁俗气。承认金钱很重要其实一点儿也不丢脸。我敢谈钱,是因为有能力挣钱,我清楚地知道金钱对我意味着什么。

这和拜金思想不同,我只是对自己有了清晰的认知,明白自己想要的是什么,理性地为自己的人生负责。

◎

中岛美嘉说:"在最黑暗的那段人生,是我把自己拉出深渊。没有那个人,我就做那个人。"

人生中淋过太多绝望的大雨了,每一次的低谷都是我自己咬牙走了出来。我早就放下了对他人的期待,所以落空不再有,也不会无端生出埋怨和不满。

或许我们每个人，都将经历这样的过程，这样一遍遍期待落空，最终将筹码放在自身的过程。

只不过有些人早一点儿清醒，有些人要经过一次次打击才能认清现实。

朋友，人生漫漫，道阻且长，陪伴你最久的人，只会是你自己。

不要把希望寄托在别人身上，只有靠自己拥有想要的生活，你的灵魂才是安宁的，从不慌乱。

我不是自律，我是太有求生欲

◎

最近看到一句话："自律就是在'你现在想要的东西'和'你最想要的东西'之间做选择。"

深以为然。

人生诸多追索，鱼和熊掌难以兼得。

躺下来"刷手机"很舒服，睡到日上三竿也很是惬意，但人生苦短，年轻时把日子都挥霍在享乐上，不自律、不进取，所谓更好的人生，当然会和你失之交臂。

◎

做自由职业者以来，不少朋友为我的自律感到惊讶，他们似乎很难理解，不需要打卡上班、不需要挤地铁的自由人，竟然可以做到早睡早起，以及每天超过八个小时投入工作。

有一天晚上，前同事在微信里向我取经，要我分享一下自律心得，我在聊天框里反反复复敲字，但是最终，还是心虚地删除了。

最终，我只发了一句：我不是自律，我是太有求生欲。

对我而言，自律其实是一个太过于标签化的东西，我早几年熬夜写稿，早起写稿，就连在动车上都会打开电脑整理资料，事情仿佛做不完。

那时候，脑袋里完全没有自律的概念，就只是知道，早晨少睡两个小时，晚上再回家加加班，我就能写一篇文章，就能有1000块以上的稿费进账。

在地铁里读书也是，因为是靠写作输出文字维生，我清楚自己如果做不到不断输入，总有一天也会江郎才尽。

因此才有了抓紧一切时间写稿和阅读的自律行为。

当然，如今的我，回头看看过去拼命努力的自己，也会觉得有点儿疯狂了，经常熬夜，有时候甚至连吃饭也都是胡乱对付一口，这种状态长久下来，对身体并不友好。

这里面或许有自律，但我对美好生活的野心，让我变成了一个行动力超强的人，不拖延、不偷懒，专注自我提升。

也正因如此，我在别人眼中"自律"了起来。

◎

有时候，我看到路上疾驰的快递小哥，看到麦当劳里兼职的大学生，我都会思考：

我和他们不一样吗？如果我也算自律的话，他们为什么不算？

现如今，社交网络上，将早起、读书、写作、运动、健康饮食作为自律的具体形式，而我恰巧占了一部分，于是我理所当然被大家认为是自律的，并且拥有惊人的自控能力。

但其实，我和他们之间，没有本质的不同。

他们为生活在外奔波，我为生活在书房忙碌；他们为生活起早贪黑，我也是为生活养成早起的习惯，我们都在为更好的生活全力以赴。倘若我也算自律，那么认真生活的每一个人，大概都是自律的能手。

近几年，我明显感觉到，自律这件事被网络带偏了，更有人制造"自律焦虑"，从中获得巨大的利益。

不少人追求形式，逼着自己早起、读书、健身、制订计划，不根据自身的实际情况，照搬别人的那一套方法，俨然变成了自律的奴隶。

曾经在网上看到过一个博主的严格详细的自律计划表：

密密麻麻的时间安排，每件事都精确到分秒，看起来无懈可击，却经不起细细推敲，漏洞百出。

◎

"自律"这两个字,原本出自《左传·哀公十六年》。

"旻天不吊,不憗遗一老。俾屏余一人以在位,茕茕余在疚。呜呼哀哉!尼父,无自律。"

这里的自律,是指在没有人监督的情况下,通过自己要求自己,变被动为主动,自觉地遵循法度,拿它来约束自己的一言一行。

高效的自律应该是主动的,发自内心的,它往往伴随着目标感和功利性。每一次的自律,都是你权衡后自主的选择。

而一个人能够主动选择一件事,驱动力就尤为重要,有了这个驱动力,自律才是有效的,才能有效果。

世俗一点儿讲,当每天唤醒你的不是闹钟,而是梦想,我想你也会是一个自律的人,甚至会比那些5点起床的博主更"自律"。

值得注意的是,自律博主的工作就是表现出自律,健身博主表现出自律也是其工作的必要表现,我们不必因为做不到像他们那样"自律"而感到焦虑。

那是他们的工作,就像你们也有你们的工作一样,没有可比性。

◎

我不太喜欢把自律和结果放在一起,也不太喜欢将自己的努力归结于自律。

  我在很多人看不见的地方默默努力，用心扎根，抛弃暂时的享乐，执着于个人的提升，是因为我太想拥有和别人不一样的人生。

  我不是选择了自律，而是选择了更有意义、更能让我看到价值的生存方式。

  年轻人不该执着于自律，不应该执着于任何形式的东西，而是应该专注自身，沉默、踏实地去做，看时间到底怎么说。

我们的人生,要靠自己成全

◎

很多年了,在庞大而又冷漠的城市里,我一直对长途大巴车有种莫名的眷恋。

车厢里总是憋闷,座椅的皮是劣质的,一靠近就有刺鼻气味,有时我会在途中晕车,强忍着呕吐感;有时比较幸运,我在途中昏睡过去,一醒来,车已经下了高速。

偏偏是这样难熬的长途乘车经历,却让我对承载我的大巴有种别样的情愫。

那是与我成长有紧密联系的交通工具,那是作为留守儿童的我,一年里少有的喜悦和兴奋。因为,终于可以见到好久未见的父母了。

很小的时候对"留守儿童"没有概念,一直到十五六岁,家长会上,我的父母没有过来,老师说:我们班里爷爷奶奶带大的孩子很多，但是父母出去工作也别忘了关心孩子。在街头抽烟、凌晨不回家的，你们看，那很多都是留守儿童。

嗯，那时候我开始了解——留守儿童。

我知道我就是留守儿童，那些抽烟喝酒打架、在网吧打游戏不回家的，大多数也是留守儿童。不知道怎么跟你们形容那种感觉，像是被下了定义，像是已经归于某种命定的轨道，像是已经没有向命运还手的余力。

那天家长会回来的路上，爷爷只跟我说了一句话：不蒸馒头争口气。

这句话贯穿了我的学生时代。只有小学文化的爷爷，不会高谈阔论，不会所谓的更好的启蒙教育。

只有这句话，只有这句"不蒸馒头争口气"，他说了一遍又一遍，让我埋头向前冲到了现在。

◎

在这个阳光很好的早晨，我在自己买的房子里，写下这些文字，忆苦思甜，有点儿酸涩和动容。

我在幼年时就经历过无数次陌生城市的辗转，逢年过节会被一辆长途大巴送到父母那里生活一段时间。

当时，每次朋友们打来电话问我的近况，我都会因为个别的措辞感到一种微妙的情绪，我后知后觉地发现，在和他们交谈的时候，我用词是这样谨慎，谨慎到心酸的地步。

我不能将我待的地方称之为"我家"，只能说"我爸家""我妈家"，我告诉朋友们我妈对我很好，我妈家如何如何，阿姨对我不错，我爸家住着还算习惯。

在我的内心，感觉自己没有归属感，是外来的客人，是短暂停留的过客。

我依稀记得有一年暑假，父亲把我接到他的三口之家小住了一段时间。一个上门送水的师傅看到客厅多了一个人，问我阿姨是不是亲戚家的小孩来这里过暑假。

阿姨笑着回答："是啊，小孩子暑假过来玩。"

当时电视机里放着弟弟爱看的《猫和老鼠》，猫咪正离家出走，它觉得主人已经喜新厌旧不再宠爱它，我心下却觉得，我连那只宠物猫都不如。

怎么会是亲戚呢？我怎么会是亲戚？

这件小事被我铭记了很久，是一条不为外人道的深深的伤口。很多年后，我和父亲发生一次激烈的争吵，我把这件事告诉他，他第一句话是：你阿姨无意的，你怎么记到现在？

其实，也许是她随意应和，无意伤害我。只是很多年了，这些无意的伤害累积着，在我旧的伤口上一次次添新伤，他竟然从没想过，他的女儿因此咀嚼过多少委屈和难过。

我太心寒了，心寒到，已经不愿意再跟他多说话。

◎

在城市辗转的那些年,我每一次坐上长途大巴,都会对那一次抵达有美好的期待,只是结果总是失落,以至于成年后,步入社会后,我对城市没有眷恋,矗立的高楼、橱窗里精致的商品,都不能让我心生向往。

我在想,城市没什么好的,城市里都是拘束和冷漠,如果可以,我只想尽早地逃离。

我今年28岁了,毕业后工作了几年,积累到了一些工作经验,也做了自己的自媒体平台,终于回到了乡下。

文字给了我一个逃跑隧道,让我远离喧嚣远离格子间,也依旧拥有了体面的生活。我陪在爷爷奶奶的身边,每天有事可做、有书可读,心态上已经比往年更平静从容。

过去的怨怼,过去对父亲的不理解,如今也在慢慢释然。

如果可以的话,我相信父亲不会把我丢在老家,如果经济宽裕,父亲也不会厚此薄彼,把关注都放在弟弟身上。

我相信,我告诉自己要去相信。

父母与子女之间的缘分,从来不是非黑即白的,贫穷的家庭里,有时作为父母必须做出一些取舍,我愿意相信父亲当时确有难处,我能理解,只是仍旧觉得委屈。

我一直忘不了某个深夜,喝醉的父亲坐在我床头哭泣的场景。我假装睡得沉,转过身把头埋进被子里,而他在床头掩面啜泣，哭得像个孩子。

那一年他40岁，儿子已经咿呀学语，我上着高中面临选科。

原本答应让我读雅思班，送我出国的他，最后关头反悔，没有参加那天的家长面谈。我明白他有多难过，也能理解他的两难，父亲当然是偏心的，但这种偏心是无奈的，贫穷赐予的无奈。

他可以供我和弟弟选择的生活只有一种，那就是我被爷爷奶奶照顾，弟弟由他和阿姨照顾，减轻了负担，也避免了我和阿姨可能引起的矛盾，所有人都被妥帖安置。

◎

这些年，我读了更多书，每天都提笔写作，我在观察世界的同时，也更加冷静地看待自己，看待自己的家庭，看待留守儿童这个社会群体。

穷人家庭里的父母忙于赚钱养家，每天疲于奔命，没有很多时间参与孩子的成长，有的甚至背井离乡外出打工，把孩子留在了家乡。

这些孩子或多或少性格上会有些缺陷，心理上极度敏感、缺乏安全感，又或者像我一样对父母有过怨言，无法和原生家庭和解。

但就像网络上流传的那句话一样：我抱起砖头就没法抱你，

放下砖头就没法养你。

我们也要理解父母的不易。

出生的家庭环境不好或许真的容易让人堕落，只是人生也总有一些机遇，并非一成不变。

原生家庭不是一个人走向堕落的理由，我们的人生最终要靠自己成全。

烂在过去太蠢，
人应该屈从于现实的温暖

◎

　　那一年，村上的小学还没有被拆，红瓦白墙，因为常年没有修缮，破旧的样子已经难以掩盖。

　　学期末，爷爷骑着二八大杠接我回家，他说，你爸今天来电话了，过年要带人回家，八成以后要做你新妈妈。

　　北风呼啸的一天，鹅毛大雪下个不停，不过是走了两里多的土路，放眼望整个村落，已经铺满了银白。车子在上坡时打滑，爷爷怕我摔着，把我抱下车，我们爷孙俩并排走。

　　爷爷问我怎么突然不说话了，我嗫嚅着，不知道要如何作答。

　　周围的孩子们都在打雪仗，雪花飘落，笑声盈盈。一直看不惯我的高年级女生从我身边路过，她大声唱着"有妈的孩子像块宝"，歌声悠扬，在一片寂寥的土地上回荡。

我垂着头，爷爷并没有注意到我的失落，他说今年的香肠要多灌一点儿，肉也要多腌一点儿，你爸回来估计要带一些进城。

爷爷的嘴角带着笑，离婚多年的儿子终于再娶，堵上了悠悠众口，也算是美事一桩。他问我有新妈妈了高不高兴，我挤出一抹假笑：爸爸高兴，我就高兴。

距离过年的那段时间，爷爷在忙着做短工赚钱，奶奶忙着腌制些猪蹄和腊肉，他们想得很简单，儿子二婚带着个女儿，人家还是头婚，进门了一定要好好招待。

◎

那个春节被所有人期待，但，不包括我。

自从我知道有新妈妈进门，一种名曰"恐惧"的心绪吞噬着我，每每到午夜，我总是睡不着，我问奶奶，后妈是不是真的像人家说的那样坏。

奶奶说：不怕，你跟奶奶过，没人亏待你。

现在想想，我的想象力似乎是从那一年开始突飞猛进的，那时恰好一部叫《天国的阶梯》的韩国电视剧在热播，剧中的后妈伪善至极，在丈夫面前假装和善，在继女面前原形毕露，甚至让自己的女儿抢走了原本属于继女的人生。

就这样，我的童年开始充斥不安。

巴掌大的村子，有什么婚丧嫁娶的新闻，总是以光速传播，邻家的老太太过来串门，聊天时总爱逗我。她说后妈的心黄连的根，要是以后你后妈再生个弟弟，女娃娃就更是爹不疼娘不爱。

我躲在奶奶身后，眼泪"啪嗒啪嗒"掉个不停，我怕死了，真的怕死了，我总觉得以后爸爸都不是我的了。奶奶攥着我的手，把我拉进怀里抱得紧实，我第一次听到她张口骂人，声音好大，还有些颤抖，和逢集街上对骂的泼妇无异。

老太太灰溜溜走了，从此她和我奶奶见面不识，再也没有登过门。

◎

父亲和阿姨只在老家待了短短几天，而后就回到城市里打工，他们走的前一晚，和爷爷奶奶关上门聊了好久。

我只记得奶奶哭了，爷爷的脸色不太好看，父亲对我满眼愧疚。那天晚上，父亲的朋友开车来接他们，父亲同阿姨连夜坐上车赶回去。

我追着车子跑了很久，直到车尾灯都看不见，我终于停下脚步。就是在那样一个天寒地冻的晚上，我真真切切意识到，一直以来想要被父亲接到城里的愿望破灭了，在他新的人生规划里，我被排在了后头。

说实话，很长一段时间里，我对父亲感情的迁移感到愤怒，并且固执地将这份迁移归咎于阿姨。

从结果上来看，是阿姨的到来，使得父亲对我越来越冷漠，是阿姨的到来，使得我的存在感越来越低。只是很久之后，当我看到和我相似的家庭，看到他们的父亲母亲做出的选择，我才知道，就算是离异家庭的孩子，有些也是在足够多的爱意里成长的，甚至有些父母害怕离婚对孩子造成无法弥补的伤害，离婚后对孩子给予了加倍的关心。

对我本就没有母职的阿姨，不该成为我情绪反扑的对象，是父亲，父亲本身的失职，是他做得太少了，他把我一个人丢在老家，他不曾对我说过抱歉，他缺席我的整个童年，这才让我变成了一个拧巴、缺爱、古怪的孩子。

◎

曾经看到一句话：

一个真正成熟的人，不会一味指责父母早年对自己的伤害，而会把他们放回各自的原生家庭中去理解，并与自己内在的执念和解。

这就是我这些年里一直在做的功课，努力去理解，努力去和解。

我在年岁增长的同时，读了更多书，也有了对这个世界，对现实生活更多的理解和感悟，我经历过社会的捶打，体会到成年人的不易，对于父亲的埋怨近两年也渐渐稀释了。

这是一个探索自我的过程，也是一个完善自我的过程。这个过程可能对别人而言是隐匿的，根本无法察觉，就算是身边最亲近的爷爷奶奶或许也察觉不到。

但我要说，我已经在悄无声息中完成了一次又一次痛苦的重生。

我记得，几年前我曾被一个网友提问过，她说自己的母亲死后多年，小姨离婚了，单身多年的父亲娶了离异的小姨，一时间不知道如何面对。

我当时，用我自己的亲身经历举例，给对方写了回答。我告诉那个女孩，爸爸和谁结婚不重要，对方是谁也不重要。只要没有对她的母亲造成背叛，没有让自己的生活变得糟糕，就要学着接受。

聪明的人都懂得屈从于现实的温暖，与其困顿着不肯面对，拧巴地对抗，不如看看现实中到底失去了什么，得到了什么。

我问她：

你现在的家庭，幸福吗？

没有妈妈做饭，小姨会给你做早饭吃吗？

没有妈妈叮嘱天冷穿衣，小姨叮嘱不好吗？

小姨带着孩子离异了，生活不顺意，现在和你的爸爸在一起了，她幸福吗？你的妈妈在天堂里希望看到小姨无依无靠吗？

你的爸爸就算再爱你，等他老了，你能保证陪在他身边吗？

老伴老伴，老来伴。

如果此刻感到幸福，如果这样的结合，是迎接新生活、获得新幸福的方法，为什么不去试着接受呢？

◎

父亲有了知冷知热的人不好吗？

弟弟的降临没有让你感到幸福吗？

阿姨没有关心过你吗？

……

字字句句，是反问女孩，也是在反问自己：

写回答的那个晚上，我也对自己的家庭进行了解读和剖析，我回忆了过去阿姨对我的点滴关心，有时候也会觉得心里仿佛有了暖意。

这么多年了，我们不是母女，但也成了亲人，我不能说服自己再熟视无睹。所以啊，我已经不打算再编织自己还可以拥有完整家庭的美梦了，我在两年前，把最初腐烂发臭甚至流脓的伤口，给剜掉了。

接受、尊重、和平相处、心怀感激，四个词，简简单单，却用了我整个青春买单，很慢，但已经让我心生欣欣然。

辑四 生命中最滚烫的一章

人生就是一列开往坟墓的列车,路途上会有很多站,很难有人可以自始至终陪你走完。当陪你的人下车时,即使不舍也该心存感激,然后挥手道别。

一路艰辛，也甘之如饴

◎

去年夏天，我需要去外地处理一些事情，走之前去了银行，把下个月的生活费给了爷爷奶奶。

回到老家后，我就没再让爷爷去打辛苦的短工了。他三年前因为跟着别人出去打工，右脚被过路的汽车撞过，恢复期漫长，常年肿痛，再加上年纪大了，根本不适合再外出打工。

我承诺每月给他们1500元的基本生活费，而因为这两个月是收割季，多了些机器收割的费用，所以这次取了2000元一并给了。

去银行的路上烈日当头，规划建设的郊区马路比主城区的还宽阔了很多，小城的每一寸土地都在刷新，而我好像还躲在旧事里头。

◎

好多年前，我囊中羞涩。

两三张银行卡里的余额都凑不够一百，也是差不多的节气，夏风习习，爷爷从小摊上买了半个西瓜回家，但自始至终却舍不得吃上一口。

他一生节俭，尽可能为我筹谋，读幼儿园的时候想着读小学，读小学的时候想着读高中，读高中的时候，又想着为我大学攒出一台电脑和一学期的生活费。

一件破布衫，他能穿好几个年头，不缝不补，受过同村的老人多次调侃，他也只是一笑而过。

他把所有的金钱、时间、精力、耐心都倾注在我身上，他期盼我走出沟沟峁峁，告别脚下贫瘠的土地。

多年以后，命运给了我意想不到的馈赠，我和贫乏对抗，和精神对抗，和世俗对抗，在一片讥讽中杀出了重围。

十来岁就开始握紧的拳头，终于能在扬眉吐气后舒展开来。

我想极尽可能给他们最好的，也总是在给予的时候，才能感到成长的慰藉。

◎

这些年，从庸俗破败到破局绽放，中间多的是眼泪和不甘。

身为不受宠的女儿,二十多年里和原生家庭造就的心魔周旋,身后没有退路,只能在被弃置后拼命武装着,试图为自己找到一条光明的出路。

现在想想,我和爷爷的命运,似乎是隔了父亲这一辈遥相呼应着。

爷爷1岁时失去父亲,后来跟着母亲改嫁搬迁,六七岁就作为劳动力补贴家里,就算勒紧裤腰带,也要先顾上同母异父的弟弟妹妹们。

他在一个异姓家庭里长大,受尽冷待,依旧坚韧、勇敢,在困境中拉扯了弟弟妹妹们、子女,又在子女长大后,拉扯子女的子女。

而我呢,同样在重组家庭中长大,比他幸运了很多,却比不上他十分之一的自强和不屈。

我性格里多忧思,常年被情绪问题困扰,心理失衡,导致我常常拧巴,性格古怪,还患有抑郁症。

◎

二十多年里,一直在苦苦找寻存在感、被需要感、安全感,极尽所能发光,只为了让那些小瞧我的人被自己"打脸"。

说不辛苦是假的,无比辛苦,惴惴不安,害怕好不容易得到的瞩目终有一天还是会失去。

清醒地痛苦着，明知道是内耗，还是无法短时间内克服。

前几天看席慕蓉的散文《独白》，有一句话触痛了我：

"在一回首间，才忽然发现，原来，我一生的种种努力，不过只为了周遭的人对我满意而已。"

为了博得他人的称许与微笑，我战战兢兢地将自己套入所有的模式、所有的桎梏。

最近这两年，我可以说是变态地努力，每每深夜伏笔，打开幼时的每一帧回忆，都是自卑和苦闷。因此更加不敢放松，总觉得自己做得还不够多。

但仔细想想，我何尝不是为了让别人满意才走到现在。在旁人看来我的确是励志典范，但自己却难掩心酸。

无论我今天的收入达到多少，物质生活如何优渥，心底始终有一个看不见的黑洞，填不满，偶尔还会在情绪崩溃时跌落其中，黑暗中被一根绳索紧紧勒住脖颈。

◎

不过没关系，我还是要说没关系。我在自愈了，一直在。人生没有十全，九美都是恩赐。既财源广进又有完全健康的身心，这样的人本身就少之又少，身心状况是流动的，它有在变好，我能感觉得到。

人和人生下来就不一样。有些人出生，被鼓励追求什么，去做自己；有些人出生，一辈子都在摆脱什么，渴望逃出生活的最底层。

而我显然是后者，精神上的困顿和经济上的窘迫，要求我首先要从狭隘的认知和世俗的偏见里走出，我必须摆脱穷教育、穷思维、穷认知的局限性，在此前提下，才可能去争取更有质感的人生。

路遥在书中写：

"命运总是不如人愿。但往往是在无数的痛苦中，在重重的矛盾和艰辛中，才使人成熟起来。"

我不感谢命运给予的苦痛，只是想要微微作揖，跟过去没有在困苦中自暴自弃的爷爷和我自己，郑重说一声感谢。

◎

如果，我说的是如果。

如果我没有得到爷爷奶奶全部的爱和支持，如果不是爷爷给到我很好的榜样，如果他从小就觉得女子读书没有意义，如果他只是把我当作以后要泼出去的那盆水，我的命运又当如何？

农村里多少女孩在花季辍学，被家里要求打工补贴家用？又有多少女孩在黄金年龄嫁人，带着不甘成为母亲和全职主妇？

我不敢细想。尽管二十多年里我都咀嚼着伤痛，但时不时也会感激上天没有关掉我所有的窗。

网友刁云逸曾说过这样一句话：

"这个世界多么的平凡，其间没有无所畏惧的勇士，也没有力挽狂澜的英雄，更没谁做出过惊天动地的壮举。有的只是最平凡不过的生活和在生活中不断艰难前行着的普通的人们。"

我是普通人中的一个，你我都是，我们出身平凡，似乎未来一眼望得到尽头。但你信我，别低头，也别什么都没做就认输。你尽自己所能地折腾，命运一定会给你应得的报偿。你想要的生活，你期待的人生，你必须靠自己去争取。

其实，这一年里，爷爷总劝我知足常乐，不要一心想着赚钱，他说小时候日子太苦，现在真的已经很好。诚然，他说得对，生活没有辜负我，我感念这几年的得偿所愿。

只是人生寥寥，被太多人丢弃太多次，我已经受够了被人居高临下地俯视，我无法心安理得。我老早就明白世俗所得，并非人生的终极目标，我也从未把世俗的成功当作毕生追求，我仅仅是想看看自己能站得多高，人生有多少可能。

◎

我出生底层，早慧成熟，比同龄人更早知道，铸造安身立命的本事，锻造埋头挺进的意志，才能挺直腰板行走。

人性变幻，颠扑无常，不管别人怎么看我，强势、野心勃勃……人生是自己的，有舍便有得，都是自己的选择。

我今天的努力，今天的奋斗，是我的安全感，是我的出路，是我不取悦不依赖的底气，是我平凡人生中真诚的追索，是爷爷奶奶晚年的幸福。

　　为此，我一路艰辛，也甘之如饴。

学会放过自己，人生才能破局

◎

六月初的时候，弟弟打来电话，他说马上要中考了，问我要不要过去陪考。

那时我正忙着写当月的广告文案，根本没有多余的时间跟他探讨，我说到时候再看吧，然后果断挂了电话。

晚一点儿稍微闲下来，我再想起这通电话，一股歉意浮上心头，但又夹杂着一点儿暖意和苦涩。

我从幼儿园读到大学，十几年的读书时光，从没有过父母的参与，就算是读了大学，也是爷爷陪着我坐大巴车去报到的，我们祖孙俩在陌生的城市里辗转，就连过马路也都战战兢兢。

就是在那样的日子里，父亲也没有打过电话。当然，母亲也没有，他们离婚后断了联系，但在这一点儿上竟然一直有着高度的默契。

而我同父异母的弟弟，不可谓不幸运。

他被父母捧在手心里，上下学有父亲接送，日常生活也被我阿姨照顾得周到，完全是沐浴在爱里的明朗男孩。也正因为如此，我偶尔发酸，聊到一些敏感话题的时候，我会质问父亲，为什么当初没有这样对待我，我不是你女儿吗？

每当我开口，父亲开始找托词，弟弟沉默，阿姨也不再说话，讨伐在一种尴尬中无疾而终，没有答案，从来没有。

所以很多时候，我是这个四口之家的和谐氛围"终结者"，我在那个家庭里格格不入。

◎

想到这里，我给弟弟回了视频电话，我坦言："三口人陪考，结束了肯定要一起吃饭，你不怕我又忍不住冷脸吗？"

弟弟思考了几秒，他说了四个字："我理解你。"

我听完他的回答，当下心里五味杂陈，我的弟弟，似乎比我想象中更成熟一点儿，更愿意和我共情，这让我觉得温暖，也让我不由生出一丝歉意。

我收拾好表情，点点头，表示有时间一定提前过去，并且承诺考完了就带他去吃大餐。

那一刻，他在视频里笑得合不拢嘴，而我羡慕他，想成为他，也无比感激他。

自始至终，弟弟是没有错的，我的情绪反扑，从来不应该让他来承担。

　　我又断断续续回忆起我和弟弟之间的细枝末节，突然意识到，我好像对他苛刻了一点儿，我用我的成长环境来对比他，因此固执地认为，弟弟不应该比我差，他至少要成为一个好学生，这样才能抵消得了我这些年的"牺牲"。

　　三年前的夏天，弟弟小升初考试考得不理想，进入了一个相对差一些的初中，我的情绪一下子止不住了，生气、不平，我怎么也想不通，得到了所有爱和关注的小孩，难道不是应该更优秀吗？

　　我看着他们喜笑颜开面对弟弟的失利，看着父亲一如往常对弟弟疼爱有加，所有人都用爱意宽慰他，我崩溃了，无来由的崩溃。

　　我一出生就接受了家庭不完整的事实，活得隐忍又小心。

　　即便天资不行，智商也一般，还是很努力地希望考高分，只为了一个月一两次的电话里，我能和父亲多说点儿话，让他开心，让他觉得有我这个女儿是件值得骄傲的事情。

　　我在我弟弟现在的年纪，差不多也是初三即将毕业，那时候弟弟还是个顽皮的男童，他得到了所有人的喜爱和关注，而我因为理科成绩开始下滑，每天都在担心，父亲会不会越来越觉得我是个累赘。

◎

这些年,我一直都在自我疗愈,对弟弟的感情也极度复杂,我确定我很爱他,只是我站在我的角度,观察他一路的成长,每每看到他闯祸、犯错,依然可以被父母捧在手心里,这让我嫉妒又艳羡,差点儿迷了眼。

他确定他被爱着,所以没有失去的恐慌。这是我一辈子都没有体会过的感觉,我做梦都想体验。而正是因为这种匮乏,我以一种自己都没有发觉的扭曲心态,对准我弟弟。

我将我的"委屈"和弟弟的"宠爱"画上等号,心理上没有放过我自己,也没有放过弟弟。我狭隘地认为,这些年父亲将我丢在老家,将几乎所有的爱都给了弟弟,他没理由不优秀,没理由不珍惜,没理由不成为一个完美又出色的孩子。

我没有健康的爱的嗅觉,所以在爱人这件事上一直是不及格的小学生。我抱着"不正确"的期待,对弟弟总是无意间表露出一些负面的情绪,到底这些负面情绪有没有被弟弟察觉,有没有对弟弟产生不好的影响,我不敢多想,但看到他尽他所能包容我的敏感和纠结,我知道我必须自查和自省。

◎

真正健康的爱,是怎样的呢?这个问题我思索了很久。

我慢慢静下心来思索，反思我在我自己的家庭中一些固执的认识和观点，我意识到一直以来，自己的许多想法都陷入了一种深深的怪圈。

尽管不想承认，父亲对弟弟的爱才是健康的，弟弟没有因为成绩不好或是犯错就担忧不被爱，这也是正常的。如果父母与子女之间要以"爱"为名，去剥夺、去交换，这样的爱才是畸形的，终有一天会发酵成道德绑架。

我有预感，如果我还是不能改变，我对弟弟的爱有一天也会成为一种枷锁和镣铐，我们也许真的会渐行渐远。

这个家庭里，不需要更多心理上有缺陷的人，这个家庭里，能够拥有绝对正常的血缘关系，是一件值得庆幸的事情。

我不需要和我一样忐忑不安的弟弟，也不需要用我童年的不幸运捆绑弟弟。用眼泪和委屈换来盛开的我，今日看起来光鲜亮丽，实则有一颗千疮百孔的心。

我希望我的弟弟不必重蹈覆辙，他要朝气、向阳，他的一生不必活给任何人看，他只管自己活得漂亮，活得舒心。

没有他，我拥抱不了现在的人生

◎

这好些年里，我笔下的文字总是离不开一个人。

那人陪伴我好久，就算如今在关系和距离上不再近，他的存在本身也影响了我很久。

我写小说随笔的那两年，身后跟着很多和我一样对前任无法释怀的姑娘。

但也许我的文字动情，比她们多了几分修饰，读者们总能在我的文字里找到意难平。

我无意刻意杜撰、描述、粉饰，不过我也不否认，或许因为自始至终对他有着某种"滤镜"，所以那个人始终是我生命里不可触碰的"逆鳞"。

我现在写下这些字，脑海中男孩的脸和他17岁的样貌重合在一起。

好像没怎么变，又好像已经面目全非。

他有着普通的名字，说话温和；他走路腰杆挺得笔直；他很少说动听的话；他是少有的在那个年纪就已经内敛沉稳的男孩。

我了解他，他也了解我。

◎

我们之间，最好的光景是我17岁那年的七夕节。

男孩突然被通知留校为化学竞赛做准备，而我一个人在山水广场上，一股脑儿放了七个孔明灯。我仍旧记得，每一个灯上我写的愿望都是：希望×××明年夏天，金榜题名南大。

我们的恋爱理智又纯情，怕影响学习，怕影响未来。

小心翼翼却又虔诚坦荡。

唯一美中不足的，是我太差了，我在他面前，总是没什么自信。

被他喜欢的时候，我还是个留着齐耳短发的假小子，皮肤黝黑，站在人群里落寞又渺小。而他是不同的，拿着最多的奖学金，站在最高的领奖台，是所有人眼中的天之骄子。

正是这样意气风发的男孩，突然有一天跟我告白了，那么真诚，那么坦率，我又欢喜又忐忑。

但你知道的，一个从小被父母冷落的小孩，自始至终都缺少爱的启蒙，一旦被人告知心意，总是会觉得不真实。

我想，我何其渺小，竟然被一个无比优秀的人喜欢了，这会不会是恶作剧，会不会是在开玩笑？

◎

被他喜欢的岁月里，喜悦当然是有的，但同时伴随着忐忑不安，总觉得自己不够耀眼。

为了配得上他的喜欢，我奋进读书；为了能和他比肩齐头，我挤破脑袋想让自己优秀。

我一边惴惴不安，一边极度渴望对方能守着这份真心，耐心等到我的高光时刻。

不过显然，这种渴望落空了。他高考后去一所飞行学校读书，如今成了一名优秀的飞行员，而我在高二那年经历一场车祸，进而休学、留级，和他拉开了更大的差距。

因为种种现实因素，几年后，这段纯粹的校园恋爱，终于走到了穷途末路的境地。

说真的，我在很多地方感谢过这个人，很真诚的感谢，不是客套的拿来显示肚量的假话。和他恋爱的几年，是我人生中收获最多鼓励和肯定的阶段。

在我沉溺于自己的渺小，沉溺于不完美的原生家庭，沉溺于自己的缺点时，是他一遍遍告诉我，我有哪些优点，我是多么值得被爱的姑娘。

唯有他了，唯有他跟我说过，说希望我过最好的生活，也是他在我有辍学念头的时候，紧紧抓住我不曾松手，鼓励我走进了大学。

那差点儿走歪了的人生，因为他有意的生拉硬拽，这才踏上了正途。

◎

米兰·昆德拉曾经说过一句话：

"人一旦迷醉于自身的软弱之中，便会一味软弱下去，会在众人的目光下倒在街头，倒在地上，倒在比地面更低的地方。"

我不敢说他在我人生中起到了多么大的作用，但他在我最自卑的时候，把我捧在手心里，郑重地告诉我，我值得被爱、值得被珍视，我就能在任何痛苦的境遇下，振作起来。

互联网节目《奇葩说》里有一期关于前任的辩题。

在那一期辩题里，傅首尔的一番话我至今印象深刻。

她提起自己的前任时，第一句便是："我的前任非常优秀。"

傅首尔说，她和前任在一起的时候，特别喜欢写博客，是前任鼓励她，说她总有一天会成为作家。

时光荏苒，十年后，傅首尔真的出书了。

她在全网第一篇阅读破百万的文章写的就是对前任的感悟，也恰恰就是这篇文章让她的公众号火了起来。

"我想这是这段爱情为我埋下了一颗彩蛋。"

"只是在偶尔看到关于他的消息时才想起来,这个闪闪发光的人,我曾经爱过他。"

◎

如傅首尔这般的话语,一字一句,好像也很适合形容我和他。

这些年我写文,做自媒体,拥有了爱我的粉丝和读者,也不再为五斗米折腰,曾经自卑的我,终于找到了一点儿自信,发自内心开始变得快乐。

我没有取得所谓的世俗意义上很大的成功,但至少在很多人看来我也不差,那个读了艺术,长得瘦黑高挑的小镇女孩,如今也靠自己在城市买了房子。

我感谢他将我从深海里打捞起来,感谢他将我从沼泽里拉上来。

正因为他最初的鼓励和肯定,我才有勇气迈出去,找到了今天的自己。

宫崎骏老先生说:"人生就是一列开往坟墓的列车,路途上会有很多站,很难有人可以自始至终陪你走完。当陪你的人下车时,即使不舍也该心存感激,然后挥手道别。"

那些和他有关的日子,永远在记忆里熠熠生辉,像是黑夜里赶路的勇气，帮我壮着胆子前行了很久。

　　毫不夸张地说，我的一些小小的收获，就像这段爱情为我埋下的彩蛋。有了它，我的人生之路才走得更坚定。

生命中最滚烫的一章

◎

和T君的恋爱就像昙花一现,时间很短暂,短到周围人都不知道这段感情的存在。

我们分手的时候,对方说这段感情像是我随便开的一场玩笑,自己很认真,换来的却是我的冷待。

我张张嘴,想要辩解什么,但是最后发现只能嗫嚅着,什么也说不出来。这场感情里,我的确是完全的过错方。

和T君在一起的时候,就连看电影时他想牵我的手我都会下意识地抽回,这种行为先于思考的表现,真实反映了我对他的感情。

表面上我和T君是合适的、般配的,但是相处时的扭捏和不自然,可能只有我们两个人心知肚明。

T君和我是在一家酸菜鱼馆分手的,非常平和,他提出来的时候我如释重负，我们都是相对理性的人，很懂得及时止损，所以分开时相视一笑，自然而然退回朋友的关系。

酒过三巡，T君打趣：你初恋对你影响真的很大，后来的人确实很有压力啊。

我点点头，没有否认。

◎

和初恋分开已经超过七年，这七年里，初恋成为我用不尽的素材。我写校园小说的时候，故事里的男孩身穿蓝白相间的校服，身姿挺拔，一举手一投足都是初恋的影子。我写那些爱而不得的纯爱故事，故事里的女孩自卑敏感，总是照见我当年的心境。

如果这个世界上真的有一个人曾经潜入我最深的心底，如果这个世界上真的有一个人让我发自内心想要靠近，我想，是他吧。

他是我生命中最滚烫的一章。毋庸置疑。

在那一章里，我还是一个一无所有的小女孩，而他俨然是有担当的成熟男孩，我们那么努力学习只是想让自己拥有更好的生活。我的原生家庭，我的不安、敏感，他照单全收。

除此之外，他鼓励我读书，鼓励我自信，鼓励我接受我自己，在我最糟糕、最自卑的那几年，只有他一直对我加以青睐，他相信我是蒙尘的明珠，发光只是时间问题。

即便是高中不同校的三年里，他也没有放下过对我的关心，人前好好学生的他，背地里为了我偷用奶奶的电话，半夜给我补习数学。

就算是元旦这样的日子里，他也抓着我要给我讲函数题。少批评，多赞美，记忆里似乎没有跟我红过脸，让我觉得自己是值得被小心呵护的公主。

◎

有朋友曾经问过我："你是不是还是放不下？"

我愣怔了几秒，给出了回答，我说："都过去了。"

"都过去了"，这四个字里面涵盖的情绪不堪细想。

那场恋爱曾经声势浩大地闯进我的生命，后来又在一阵无力的情逝中走向结束。

说实话，我用了很久才得以放下，面对这样一个影响我至深的人，不可能做到完全的果断，更何况那是人生第一次也是仅有一次的初恋。

近年来，随着我自己的心智成熟，对这段感情也有了一些新认识，我发现我一直陷入了一个误区，我以为我不释怀的是他这个人。但时间滚滚向前，我几乎想不起对方的模样，也早就不再关注对方的生活，只有那段时光，那段我被爱的时光，让我生出勇气，生出自信，于是被我一直珍藏。

当然，遗憾是真实存在的，我们之间，不是水中月镜中花，也不是什么都没来得及发生的暗恋，我们真的在茫茫人海里确定过彼此的心意，以最诚挚的心情祈求对方在自己的生命中长久停留。

一直以来，我都在渴求的饱满的爱意，有幸在他那里感受过，因此无论如何都不能对这个人表现出漠然。

◎

我想起张爱玲在《流言》里写过的一句话：

"女人……女人一辈子讲的是男人，念的是男人，怨的是男人，永远永远。"

这话作为女性，乍一听确实感到悲怆，我们好像没有自己了。

可是乐观一点儿想，倘若因为一个男人而有所成长，从而找到真正更好的自己，何乐而不为？

是他让我有幸感受过充满爱意的人生，是他让我知道，原来被一个人用尽全力去喜欢，真的可以从对方身上收获超越山川河流的影响。何其有幸。

他是我生命中最滚烫的一章，这一章精彩绝伦，或许对他本人而言，我也是路过的路人罢了，没有多少深远的影响，但是那种被人完全兜底的感觉，我在后来的任何一个男孩身上都没有看到过，我知道那是我有限人生里获得的珍品。

年纪增长，皮肤衰弛，关于他的那一章，我反复品读，已经沉淀出足够我消耗的勇气和能量。

◎

和这个世界"交手"多年，不能说光彩依旧，但有一部分确实一直没有变过。我还是在读书，也一直在追求自我的认同，这两者都是那个人给过我的指引，影响我的一生，让我变成了一个能学会欣赏自我、丰富自我的人。

如此，即便我在世俗的烦琐里摸爬滚打，即便世俗里有洗不尽的铅华，没关系，我还是有一副坚硬的盔甲，让我勇敢、从容，向未知的前路行进。

谁不是一边受伤，一边成长

◎

阿C和我通话的时候，我们还没有从上一次的别扭中完全释然，所以再谈到她那个学霸型年龄较小的男友时，一些小摩擦一触即发。

我们刻意回避了上一次的矛盾点，约好了一起吃晚餐。

"我打算等他了，我相信他，也相信自己的选择。"阿C脸上的柔情溢于言表。

我闷头吃着碗里的玉米羹，许多话都已经没有必要再说，她那么一根筋的人，在感情上也是极致的，不撞南墙不回头。

阿C喜欢的人是同校的"男神"，男神比她低两届，一起演过话剧。

毕业后第二年，阿C在公司再次遇见前来实习的男神，缘分就这样埋下。

在他们这段关系里，我算是那种多事的事儿妈，我不喜欢阿C的男神，也不看好他们的感情能长久，所以对于他们的恋情，我经常说些我自以为的逆耳忠言。

而我之所以会对阿C的这段感情横加阻挠，大概是因为，她的小男神在明知自己会出国的情况下，仍旧和阿C来往，两个本身家庭就相距甚远的人，还要经历跨国的异地恋，时间与空间的难题全部都摆在面前，但凡有一天这个小男神遇到了新的爱情，阿C就会被无声无息地抛弃。

◎

可是就在五个月后，阿C把男神送的戒指拿到我的面前，好像摆在眼前的不仅仅是一款简约的戒指，而是只要戴在无名指上，他们之间的爱情就能够幸福一生。

"你太天真了。"

我再次给阿C泼冷水。

"你就是这样的，在别人没有离开你之前先离开别人，你以为你聪明，你潇洒，其实就是胆小。"

那天的阿C反过来把我数落了一遍，她口若悬河，我哑口无言，甚至自己也觉得自己活该孤独终老。在我完全愧疚，完全心虚地闷头喝着玉米羹的时候，阿C又继续说："今天上午，我去机场送他。我知道我以后是要嫁给某个人的，但是一想到会嫁给他，多少的等待都值得。"

"他要是敢在美利坚泡洋妞，我就把他拖去净身房。"我恨恨地说道。

阿C"扑哧"笑出了声，她摸了摸手上的戒指，眼中闪烁着温婉的光亮。

那一刻，我突然反思，突然陷入一种以前没有过的思考：

是不是见过了周遭太多轻易的别离和辜负，所以一旦遇到潜在的危机，自己就从来不会想办法去克服，只会提前为悲伤做好伏笔？

◎

有一部日剧叫《逃避虽然可耻但有用》，我有段时间很迷这部剧的一些台词，我甚至并不觉得逃避可耻，我觉得逃避很有用，也很方便。

但是现在回过头来想想，过去存在的问题还是存在，没有解决的依旧没有解决，只不过当时认为棘手过不去的坎儿，现在已经没那么重要。

而之所以没那么重要，是因为有很多东西已经错过了。

那时候以为熬不过去的感情，因为轻易地放弃成了并不必要的遗憾，那三两个人存在着，偶尔在回忆里、在现实里和我不痛不痒地存在交集，我有时候会后悔，有时候会不甘心，有时候又无能为力。

我在很久之前就已经不如阿C勇敢，不管是对待感情，还是对待烦琐的生活，负能量潜移默化着我，让我看似坚强，看似潇洒，看似坦率，但其实错过了太多。

像很多成年人一样，我已经很少说真挚的话，很少和某个人说许多许多的话。

我高兴的时候，难过的时候，郁闷的时候，委屈的时候，大多是不动声色的，我吃零食，喝冰镇的饮料，看可以流泪的电视剧。

我不知道那些糟糕的坏情绪，有没有随着零食一起进入我的胃囊消化掉，只是第二天醒来的时候，刷牙洗脸，和朋友说着今天的热点新闻，早上摊的鸡蛋煎饼放了我讨厌的肉松，这些细枝末节机械重复，日复一日。

我那么为阿C考虑，期待她能够拥有天长地久的稳定的感情。可是转念一想，阿C不是我，我怕的她并不一定怕，我逃避的她可以承受，这才是重点吧。

◎

成年人和小孩子的区别就是，是否可以为自己的行为承担后果。

我不知道阿C要死心塌地等待她的小男友几年，是两年三年还是五年十年，甚至人心难测，也许我担心的事情明天就会发生。

但那又怎么样呢？人不能总是为没有发生的事情感到焦虑，明天的事就留给明天后悔，未来重要，当下的感受也很重要。

就像阿C说的，世界上每天都有辜负和被辜负的事情发生，可是我还是愿意相信我爱的那个人不一样，那个人是不一样的，所以根本不用犹豫，要全力以赴为这段感情付出。

以前在一本书上看到过一段话："时间无情第一，它才不在乎你是否还是一个孩子，你只要稍一耽搁、稍一犹豫，它立马帮你决定故事的结局。它会把你欠下的对不起，变成还不起。又会把很多对不起，变成来不及。"

我也许也欠着一些人不一样意义的"对不起"，但是这些"对不起"的选择背后，也一定让自己有过伤痛。

和阿C分开的那天晚上，我整晚都是心绪不宁的，我祈祷阿C这样炽热美好的女孩子，能够得到一份完美的感情。

当然，我也祈祷着，有一天我会遇见一个人，那个人让我相信，那个人让我打消一切顾虑。

人世无常，我们一边受伤，一边行走，一边被现实扇耳光，一边后知后觉就地自省，这个世界疯狂无情却又不失美丽多情，没有到来的未来，才应该要积极乐观地招手问候吧。

如果只是一味地担心失去，最开始又怎么有勇气抓牢？

谢谢你，我生命中最重要的人

◎

爷爷很爱穿在地摊上买的衣服。

大学时第一次拿到3000元的稿费，我兴冲冲地坐大巴回到了老家，两个小时的颠簸，却未让我觉得疲惫。

我的目的明确，一定要拿钱给他们买衣服，而且是去商场里，一手交钱一手交货那种。

我太渴望被看到了，那种被别人认可，毫不夸张地说，揣着3000块钱回家这件事，纯粹是"小人得志"。

我回到老家后，第一件事就是去地里把正在种菜籽的爷爷奶奶喊回来，让他们穿好利索的衣服跟我进城。

印象很深的是，我带他们去了一家老年人都爱的服装店，那里的衣服都很神气，很多老人都穿着在那里的衣服在爷爷奶奶面前"炫耀"。

我早就想过，有一天赚了钱，一定要给爷爷奶奶各买一件。

那时正好是冬天，冬衣普遍贵，价格大多在200元到600元之间。

奶奶还好，她不识字，又有眼疾，所以看到喜欢的我立马就让她试试，直接就拿在手里。

但是爷爷却并不好糊弄，看到了价格后，嘴里就开始嚷嚷着不好看，还没有他赶集时看到的路边摊上的好看。

他很固执，固执到让你生气的那种。

那天我准备买一件爷爷喜欢的藏蓝色厚外套，四百多，他在店里跟我拉扯，争执了几句，即便店员和奶奶一起打圆场，爷爷也不同意买下那件衣服。

我只能作罢。

那天之后我们冷战了，奶奶也替我抱怨他顽固，孙女想给你买件衣服，还错了？

他躲在房间里翻他已经翻烂的旧书，一声不吭。

我在第二天下午匆匆忙忙赶回学校，连同前一天发生的不愉快一同带走，我赌气地想，我再也不给爷爷买衣服了。

◎

几个月后，那时我一个月已经可以赚到四五千块的稿费了，每个月都有结余，日子过得还算滋润，我再次提议给爷爷奶奶买新衣服，我说换季了，该买新的了。

奶奶说行啊，你要怕你爷爷生气，你就偷偷给他买。

那天，我悄悄翻找爷爷的衣服，想记下他的尺寸。

但翻找的过程中，一个泛黄甚至有点儿破旧的本子吸引了我的注意力。

我出于好奇打开了它，却在看完本子上的内容后，忍不住掉下眼泪。

那是个账本，开始记录的日期始于我读小学的那年。

密密麻麻的，好拥挤，小到每个月的公交月票费，大到我读美术后学绘画的补课费，每一笔或大或小的数字，都是爷爷的汗水。

小学的账单都很零碎，四年级之前我还没有转学到城里，爷爷奶奶的蔬菜大棚做得很好，我无忧无虑，爷爷奶奶也无忧无虑。

小升初，我考了全县第26名，父亲很高兴，听说二中和三中都联系我并且免除学费，他在电话里笑得开怀。

但令他没想到的是，我因为好朋友都去读了当时最好的附中，所以放弃了免学费的机会，也嚷着要去。

爷爷咬咬牙，第一时间拿着存折取了一学期3900元的报名费。

◎

为了带我读书，爷爷奶奶的十几个蔬菜大棚不再经营，我们的日子开始变得拮据起来。

我在现实的调教下很快懂事，我不伸手要钱买零食，但奶奶像是例行公事一样，每天要给我4元。

学校在山上，晚自习要上到七八点，他们没有交通工具接我，4块钱可以让我一分为二，既可以把晚饭解决，还能让我和别的同学拼出租车回家。

我上初中的那一年，是父亲最拮据的一年，他新的小家刚组建不久，弟弟出生，我在老家读书，他一个人负担了四个人。

父亲还是把学费还给了爷爷，学费是他的底线，爷爷说过，学费一定要让我爸爸出，剩下的他想办法。

因此在城里读书那几年，生活上和学校里的杂费，爷爷奶奶都尽可能承接了过来。

账单上的字很漂亮，每一笔都很详细，我甚至看到，在初中结束的那一年，爷爷在账单的最下面，写下一行小小的字：高中保证一天6块钱零花钱。

那是他对自己的要求，对我的疼爱。

他的心里有一个账本，如何在年复一年不复年轻的年纪，去做更多更辛苦的工作赚更多钱，才能把我养大成人，真正走出去。

◎

高中的时候，我出了一场车祸。

左脚踝粉碎性骨折，爷爷在我的病床前一夜未合眼，眼睛红红的，奶奶说，跟你爷爷结婚这么多年，还没看他哭过，昨天半夜在走廊哭了。

我觉得脚疼，但我明白不能在爷爷在的时候喊疼，我知道，疼在我身上，痛在他心上。

在过去的岁月里，我时常抱怨命运，觉得好多坎坷。

后来，我身体恢复好了，又可以重新上学了。爷爷已经不放心我来回走读，又开始更卖力做辛苦的工作，比如种树、修路，寒冬酷暑，也绝不休息。

他盘算着多赚点钱，让我可以不用来回走读。

一个月多出来的开销，高二选科后美术画材和学费的开销，全是他靠那双黝黑的双手赚来的。

大学我读的是美术，画画需要的材料费用和学费加起来更多了，父亲给了学费，每个月给我七八百元的生活费。

我在爷爷面前哭了，我控诉父亲，控诉那么一点儿钱根本不够我生活，堂姐三年前读大学就一个月一千生活费了。

爷爷咬咬牙：不够我给你。

◎

大学报到那天，那时已经69岁的爷爷跟我说："还有四年，就真正把你供出去了。"

我转过头望向窗外，眼睛升起一层薄薄的雾霭，我知道，我没有真正走出学校,爷爷就不敢老。

我们到达后因为不熟悉路况,第一次花钱打车,两个人在学校正门下车,车费要26块,爷爷第一次没有念叨太贵了。

学校的正门气势恢宏,我们站在门口,呆愣了几分钟,爷爷说:"大门真气派,你给我拍张照。"

他的表情很得意,他甚至跟我说以后一定要打印出来。

爷爷的内心一定很自豪吧,一个面朝黄土背朝天的老头儿,也能把他的孙女送到大学校园。

爷爷送我到宿舍楼下后就走了,恰巧高中的一位同学跟我同校,爷爷搭同学家的车回家,走之前把身上揣着的路费也给了我。

他说,没钱就打电话回家,别饿着。

◎

最初的那两个月花钱很快,什么都要买,母亲也开始介入我当时的生活,不过形式单一且粗暴——直接打钱。

不算多,她"忌惮"我爸,害怕多给我,父亲就更不想管我,这个理由是成立的,我可以爱你,也可以为你花钱,但你爸爸也要花,不能不承担责任。

我懂她的心理,人之常情,她和父亲缺席我这么多年的成长,没有谁不好,但我知道,始终让我获得饱满爱意的,是爷爷。

现如今我已经赚了一些钱,爷爷起初不信,后来怀疑,再后来半信半疑,直到我毕业三年就买了房,我把房产证拿到他面前,他才真的深信不疑。

不过他还是节俭,还是愿意去路边摊买地摊货,他满足又欣慰。

五六年前,我写稿收入三四千,他舍不得穿四百块的衣服。

而如今,我每月的收入多了很多,他终于坦然穿上了四五百块的衣服。

他已经76岁,逻辑没有我缜密,思维没有我敏捷,讲话偶尔闹笑话,但依旧爱用他读的书教我踏实做人、踏实成事。

书里有过这样一副对子,爷爷总挂在嘴边:

"墙上芦苇,头重脚轻根底浅;山间竹笋,嘴尖皮厚腹中空。"

我想,我能苦行僧般地将写作进行到第八年,爷爷骨子里的信仰和真诚,是我一往无前的底气。

辑五 —— 人生唯一确定的就是不确定的人生

人生无常，爱情更是流动变幻，不变的是变化，如果想要更好的人生，就去追求更好的自己，你尽管盛开，蝴蝶会自己来。

未来某一时刻，
一定会看到坚持的意义

◎

将一件事坚持很久是一种什么体验？

八年前我对坚持的力量一无所知，但是八年后，当我真的因为坚持开辟了人生新篇章，我终于明白：原来"坚持"，可以化腐朽为神奇。

2015年的我，读大学一年级，从小镇走出，满怀自卑的心事，因为无处释放，所以将情绪寄托于文字。

我在后来从没停过用文字表达，转眼间，已经到了2022年，写作陪伴我经历失恋、入职、晋升、裸辞、自由职业，我用它记录人生的每一次转折，也记录每一次重创，它为我编织一身对抗世界的盔甲，也成为我手中的武器，让我大胆行走人间。

八年的时间，在我自己的人生海洋中，没什么巨浪，依旧生活在很小的圈子里,只是中间带来的影响,对于我个人来说,确实称得上翻天覆地。

曾经在网上看到过一句话:"坚持,不一定会让你立于山巅之上;可如果你不坚持,你连靠近山峰的机会都没有。"

起初我也没有凌云壮志,甚至从没想过靠写作改写自己的人生,但就像你看到的那样,我没有喊过一句口号,只是日复一日,不知疲倦地写,走到了现在,改变了家人的生活,也改变了自己的生活。

物质上开始逐渐好转,整个人的气场似乎也在转变,过去站在超市里对贵一点儿的水果绝不会多看一眼的小姑娘,现在已经敢于投掷目光,面对不公也敢据理力争。

◎

前几天在老家,爷爷将田地承包出去,对方给到的金额比签订的合同单价低,每一亩地都少了20元。

邻居们私底下都在控诉,却没有一个人敢出头起诉。

我看爷爷深夜起来写了整整两页纸,这才意识到他有了起诉的念头。

那天晚上,我听着爷爷讲述一些细节,帮他写了起诉的文字,鼓励他争取自己应有的权益。

以前我是不敢这样做的,也觉得为了一亩地20块钱的差额打官司，会被人看了笑话。

现在的我却不是这样想的，权益需要自己争取，吃亏也不都是福，我好像更愿意和不公对峙，自己的权益一定要坚持争取，不愿意任人欺侮。

◎

除此之外，焦虑和不安在这两年里得到妥善的安置，失眠的次数不像以前那样多。

曾经我以为在乡下生活，难免会空虚和寂寞，但事实证明，有书读，有家人陪伴，我就能感受到生命的充盈。

后知后觉中，长时间坚持写作，似乎帮我战胜了我生命中与生俱来的虚妄和软弱，让我有胆量大声讲话，让我有勇气平视他人。

写作让我丢掉了粗野，丢掉了麻木，它让我长出长长的触角，伸向梦想，伸向渴望，伸向讳莫如深的内心，它填平了过去很多年里，我积攒的对这个世界的失望。

在这八年里，我因为写作一点点蜕变，也因为写作不断探索了更多的人生可能，过去陈旧落后的老茧，一寸寸剥落，我也终于迎来崭新的自己。

或许皮囊还是没变，甚至因为快要迈进30岁，眼角和脖颈都有了细小的纹路，被岁月镌刻出痕迹。

但我的骨骼一定是新的，细胞和血液都充斥着新的因子，和过去那个蹲坐在井底的小镇女孩截然不同。

◎

原来，当一件事坚持得够久，久到成为一种习惯，成为生活的一部分，它的意义就超越了事件本身。

一个坚持的人，是有强大的内心世界的，深信重复的力量，笃定"一万小时定律"，他们的人生中常常有些外人无法理解的"叛逆"和"偏执"，别人或许不能理解更不能认同，但自己却乐在其中。

八年前，我第一次跟父亲聊未来的工作问题，坦言有想法靠写作谋生，他当时的表情我至今还记忆犹新。像是在看一个说梦话的傻子，眼中还有讥讽。

我在众多年长的亲戚眼中成为一个"心比天高"的人，在暑假疯狂写作参加征文比赛，也被定义为"不务正业"，受尽了苛责和冷待。

回看自己曾经走过的路，坚持很难，更难的是坚持的过程中，无数人向你丢下言语的利剑，让自己像是痴人说梦。

所以我才说，当一件事坚持足够久，坚持的意义是超过坚持的那件事本身的，一个人能够不顾流言蜚语，不顾偏见和否定，硬着头皮做自己想做的事，本身就是一种稀缺的品质，尤其对于出身一般的女孩来说，更为珍贵。

我们这样出身普通的女孩子，极容易滑下去，被教条、偏见、固有思想禁锢着，极少有机会做自己想做的事，又何谈这份看不到尽头的坚持？

◎

曾经看过一段话：

"每一个优秀的人，都有一段沉默的时光。那一段时光，是付出了很多努力，忍受孤独和寂寞，不抱怨不诉苦，日后说起时，连自己都能被感动的日子。"

我想，这段"沉默的时光"亦是"咬牙坚持的时光"，如同独自迈上一场跋山涉水的征途，不仅要听从内心，更要学会屏蔽周围的一切声音。

唯有如此，你才能在这条很少有人走的路上，收获繁花和硕果。

人生最大的不安

◎

闲聊的时候，朋友无意中提起我的初恋，说你们俩真逗，不在一起了竟然在同一个城市买房。

那时候方才知道，原来初恋也在同一个城市买了房子，并且做好了以后在这个城市定居的准备。

我第一感觉是惊讶，用了十几秒接受了这个事实后，心口涌上一股酸涩：怎么这个人还能在我心上掀起万千心绪？

过去这些年，我不止一次谈起过初恋，也不止一次为初恋伏笔，笔墨用得太多，我甚至分不清自己是想写字，还是想写他。

时间打马而过的光景里，我早已离开了校园，只是少年时的"滤镜"总也关不掉，我不再常常写他，有更多的人和事值得写，但不能否认的是，我偶尔想起这个人的名字，还是会感到微微心颤。

许多情绪在深夜里被消化，那场无疾而终的校园恋爱，就像是人生中少有的一味甘甜，即便只是回忆着，也觉得是一大幸事。

◎

说实话，我对感情没有太大的期盼，也许是因为父母失败的婚姻让我心生恐惧，也许是在现实生活里还没有看到幸福的婚姻典范，所以就算现在快要30岁了，我还是不紧不慢。

我后来也有短暂地恋爱过，只不过那几段恋情都极为脆弱，经不起一点点风浪就沉没。

我一直都确信一件事：人生最大的不安来自没有爱和没有钱。

而因为一直都无法找到饱满的爱意，索性我就往另一条路上走，无论如何，我得有一样抓在手里，不是吗？

我记得十多年前，弟弟刚出生，爷爷为弟弟找来算命的老先生起名，老先生顺便也给我算了一算。

他的样子很滑稽，一撮小胡子在热风里欢快地抖动着，就像《封神演义》里的申公豹。

他说："这小姑娘家庭缘薄，爹不疼妈不爱的，倒是有点儿出息。"

从他的话说出来的那一刻，一种名叫"宿命"的绳子捆绑住我。

是不是我再怎么努力,父母都不会爱我?否则他为什么能说得那么有鼻子有眼?那么清楚我当下的处境?

大概就是从那时候开始,我潜意识里开始相信宿命这种玄妙的东西,我不说我信它,但我不得不信它。

◎

现在,我未婚、单身。

慢慢地,不少人劝我结婚,也有不少人热心为我介绍对象,他们中的大多数人,出发点都是好的,只是觉得我应该找个人谈一场恋爱,把满腔的心绪说给懂的人听。

不过也有一些人用他们的经验给我忠告,说不结婚日子会过得很惨,没有人说话,没有人陪伴,孤苦伶仃。

我一开始有点儿害怕,也觉得单身到老实在是可怜,可随着年龄增长,越发知道婚姻不是避风港,不应执着于从一个状态草率地进入另一个状态。

◎

蒙田说:"婚姻好比金漆的鸟笼,笼外的鸟拼命想冲进去,笼内的鸟拼命想飞出来。"

反正进不进去都有概率会后悔，那我就索性让自己现在不要后悔。

几个月前，我遇到高中同过班的同学，她的肚子已经看起来很大了，整个人胖了不少，她一个人站在电梯口哭，一旁的老公竟站得远远的，似嫌她丢人一般背对着她，正对着手机傻笑。

我戴着口罩，没有上前打招呼，只是快速钻进电梯，然后把头埋得极低，我知道，这种时候，假装不认识，假装没看见，才是给到对方体面。

我不想知道同学身上发生了什么，我也不想窥探别人的隐私，我只是觉得结婚，不等于幸福。

就在几天前，刚刚订婚的好友发来一段语音，她说自己还是嫁人了，因为害怕年龄增长，最后妥协于一个条件更差的人，她问我害不害怕一个人孤身到老。

我说："怕，但又觉得现在这样心甘情愿地单着，挺好。"

对方没有再回复更多，很久之后才发了两个字：祝好。

我欣然接受，而后为对方发去了一个大红包。

◎

我现在，挺知足的，我拥有过一段最好的恋情，给到我如山川流水般的影响；我有一个懂我的知心好友，她鼓励我随心地活着；而在现实的生活里，有很多人欣赏着我，认为我是一个足够优秀的女性。当然，现在我自己也是这么想的。

无论我的选择是什么，无论我的感情是长久地没放下，或者干脆利落地斩断，这都是我人生的一部分，是独属于我的人生历程。

至于家庭，我已经看开了，也不想去强求。我只想诚实地面对自己，享受当下，这是我想用一生去捍卫的权利。

每个大人都曾是个孩子，
虽然只有少数人记得

◎

弟弟中考落榜了，比最低控档线少四分，成绩出来的时候，父亲的脸一下子暗了下来，弟弟主动走到父亲面前，做好了挨训的准备。但是那天，父亲很平静，什么话也没说，躲进房间里呆坐了一下午。

晚一点儿的时候，父亲打开房门，问我吃什么，然后拿上钥匙就出门去菜场了。

弟弟听到动静，悄悄打开门给了我一个眼神，我摇摇头，不知道这场暴风雨什么时候会来。

我没太花时间揣摩父亲的心情，但我知道他难受是必然的，而且这份难受，夹杂着许多杂七杂八的思绪，只有我知道。

父亲把我放在老家十几年，和妻子用心经营着后来组建的小家，一直以弟弟为骄傲。

他信誓旦旦跟爷爷保证，说孙子考上高中没问题，结果却事与愿违。一向重男轻女的父亲，那一刻心情很不是滋味。

几天后，父亲和阿姨极力让我去参加弟弟的家长会，他们说这一次的家长会关乎弟弟的未来，让我务必参加。

我把手头的事情往后推了推，在一个燥热的下午，陪同父亲去了弟弟的学校。

这所学校我还是第一次进来，弟弟读了三年初中，我只陪着父亲在门口等待过他，等他的时候，心情总是复杂的。弟弟出来的时候，我看着父亲疾步向前，急忙接过弟弟的书包，眼神里充满了宠溺。这种寻常简单的日常，却是我从来没有体会过的奢侈。

◎

那天的学校不同于往常，家长们围着招生摊位问询学校招生政策，一个个伸长了脖子听老师们的分析和介绍，生怕一不留神，错过的就是孩子的整个未来。

父亲也走过去，在声音嘈杂的环境里认真地问询。但他很快偃旗息鼓，高中的招生老师们都果断摇头，分数太低了，完全没可能上得了高中。

父亲从人群中走出，他的表情无助极了，他可以辛苦工作为孩子创造更好的生活，但是孩子成绩不理想，读不了高中，他一点儿办法也没有。

希望瞬间破灭，父亲转而把目光放在我身上，他嘱咐我把每一个学校都咨询清楚，就算高中读不了，职校也要选好一点儿的，这是弟弟人生的转折点。

我点点头，思绪飘回任何一个我人生中重要的瞬间，我费力想了想，竟然想不起父亲的一句叮嘱，更别说来自他本人的亲自关心。

我看着手中一沓厚厚的招生简章，心底有一簇火苗忽明忽灭，我其实不管多大年纪，到底还是想问他一句：

你有没有为错过我的童年感到抱歉啊？

这句话在我的嗓子眼里蠢蠢欲动，我在想，如果我的童年里能够经历这些，比如放学接我回家，早晨给我做饭，送我去学校，替我收拾烂摊子，因为学习大声呵斥我……我心里的某一个角落，是不是就能够被填满？

而不是像现在这样，无论什么时候，只要看到有爱的父子或者父女，就会怅然若失一整天。

◎

从学校出来的时候，父亲在学校对面买了一袋板栗，热乎乎的，放到我手里的同时，似乎有什么东西狠狠撞击了我的胸膛，过去被隐匿的、微小的、不被察觉的痛感，那一刻清晰起来。

我的眼泪掉得很快，快到父亲一脸震惊，莫名、不解，为什么一袋板栗也可以让我生出这样的情绪？

但他很快也收敛了表情，他在一年前已经知道我的抑郁问题，无论我有怎样的情绪变化，他都已经懂得自己消化，不再用"古怪""别扭""想太多"来形容这个女儿。

他拍拍我的背，自己的眼眶也骤然湿润。我没有看他，喉咙里酸胀，生怕下一秒就狂哭不止。

《小王子》中，有一句话是这样说的：

"每个大人都曾是个孩子，虽然只有少数人记得。"

长大的我，理所当然地变得成熟、懂事，但内心受过的伤，似乎没有因为成长愈合。

这么多年了，有些伤口永远弥新，没有被岁月抚平。

那个受伤的小孩一直都在，她渴望父爱，渴望重视，只不过后来披着大人的外衣，将伤口掩盖，没有再喊过疼罢了。

那句话我不会再问了，也不想再问了，我已经找到了答案，只等到没人的时候放声大哭一场，或许这些年的缺憾，该好好画上一个句点，一个不圆满却释然的句点。

你尽管盛开，蝴蝶会自己来

◎

很久未见的大学室友在凌晨拨通我的电话，睡梦中接起，电话那头是轻轻的抽泣声。

霎时间清醒了许多，我开了灯，在一个暴雨如注的夜晚，听她讲述一段"烂尾"的恋爱长跑故事。

故事没有多少新意，一段恋情从高中走到大学再走到社会，原本以为是携手一生的伴侣，没想到最后还是分道扬镳。

室友在屏幕那头无休止地抱怨，语言很是激烈，她现在最需要的或许是一个人无条件地附和她，情绪上和她有共振，而不是理性分析对与错、是与非。

很不巧，我是后者，凡事都理性客观的冷静女青年。

其实，室友的那场恋爱长跑，有一半的历程我都是见证者，分分合合太多次，每一次都信誓旦旦要放下，最后还是选择重蹈覆辙。

我不知道这段感情里她到底收获了什么,但几年的反复纠缠和消耗下,她自己的人生似乎一直没有变好的迹象。

◎

印象很深的一次,是在大三那会儿。她和男友一直闹着别扭,不愿意分手又拉不下脸求和,直到两人冷战了一周,她坐不住了,问我借钱,说要去异地找男友,想问我借四百块钱。

那一趟爱情之旅可谓轰轰烈烈,号啕大哭一夜后,旷课三天千里追爱,被学校记了警告。我们一个宿舍的几个女孩,都替她不值,但她却甘之如饴。

室友重新找回了爱情,状态回归正常。

每日都会在宿舍里煲电话粥,少则半小时,多则两三个小时,男友的喜怒哀乐直接影响了她的喜怒哀乐,她越来越情绪化,也越来越容易不安。

大概两个月后,冷战又开始继续,她再次决定去异地找男友说和,期末的复习、考试的成绩,这些被她抛之脑后,哄好男友这件事一直以来被她放到第一位,再也没有什么比这更重要。

我们宿舍的女孩子,一个接一个好言相劝,但,无果。最后索性不劝了,别人的人生,只能给予尊重和理解。

意料之中地,室友在大四的时候成为全宿舍唯一一个需要补考的人。

◎

毕业离校的前一晚,我们同宿舍女孩一起吃了顿散伙饭。

几个女孩从陌生到熟悉,再到分道扬镳,好像是一眨眼的事情,不舍是真实的,但对未来的忐忑和希冀也溢满了整个胸腔。

我们感伤,大家回忆过去,担忧前路。唯有恋爱中的室友对未来信心满满,她的想法很简单,也很明确:去男友的城市,和他一起奋斗、结婚、生子、组建小家。

我现在已经回忆不起当时的心情了,面对一个天真女孩的美好愿景,任何人都不忍心打破,即便是一再修补缝合的劣质感情,不值得全心付出的男人……旁人看得再真切再清楚,也都无济于事。

你叫不醒一个装睡的人,尤其是深陷恋爱中的女孩,她们总是不自觉地为自己打造一个樊笼,自己出不去,别人也进不来。

◎

毕业很多年,我和那位室友私下极少联络,偶尔听其他室友聊起她的近况,也只是叹息几次。

男友冷暴力、出轨,男友父母的反对,等等,熟悉的人谈起她总是流露出怜悯,但也无可奈何。

被男方看不起,毕业四五年后还是不能经济独立,被周围的人看低，这些不都是她选择的结果吗？

自始至终，她都有重新选择的机会，振作的机会，只是她自己执迷不悟，才有了今天的结局。

半夜里找我诉说，我表示同情，但也真的做不了更多了，陈词滥调已经听够，几年没有联系，但是一联系依旧是为了男人，依旧是在感动自己，多说无益。

几年前，我读弗朗索瓦丝·萨冈，在《凌乱的床》中有这样一段话："说到底，人有的时候会放任自己去爱一些人，而这种爱会剥夺您的一切，您的才智、幽默感和勇气。相反，对有些人的爱却会让您利用这些素质。那又何不放任自己去爱这些人呢？爱一个让您痛苦的人，并不比爱一个让您快乐的人更道德。"

那一刻，脑海里闪现出的便是室友的模样，她的爱情炽热，却又实在渺小和狭隘，委曲求全、自我牺牲，短暂的青春，仅仅因为一场恋爱便输得彻底。

人际关系、工作、人生选择和方向……这些通通围绕着一段破败的感情展开，使得自己成为他人生活中的配角和陪衬，实在悲哀。

◎

我常常劝我认识的女孩们要豁得出去，无论是在工作还是在学业上，敢吃苦，肯努力，因为无论历经多少磨难，这些苦都会变成生活的蜜。独独对于爱情，我只会让她们深思再做决定。

很多女孩对爱情的想象都高于现实生活，理想主义，不自尊也不自强，男人、婚姻、爱情，被她们视为人生的终极意义。

像是做了一场黄粱美梦，醒来才发现，一场空而已。

人生无常，爱情更是流动变幻，不变的是变化，如果想要更好的人生，就去追求更好的自己，你尽管盛开，蝴蝶会自己来。

很多人都是穷怕了，才有出息的

◎

张爱玲说："我喜欢钱，因为我从来没吃过钱的苦，不知道钱的坏处，只知道钱的好处。"

从幼年时期我就明白钱的重要性。

不过和张爱玲不一样，她喜欢钱是因为只知道钱的好处，而我是因为知道没钱的坏处。

很小的时候，我便跟着爷爷奶奶住在棚屋里了。

没错，是棚屋。

一种临时搭建的屋子，用竹子、木头搭建起房屋的骨架，再用塑料布、茅草、木板等这些覆盖在屋顶。

我们住的棚屋很简陋，下雨天漏雨，刮风天漏风，冬天阴冷，夏天又热得像是蒸笼。

有一年夏天，旧风扇真的用不了了，奶奶带着我去集市买新的风扇。

我印象特别深的是，我们略过最漂亮的、销量最好的风扇，在一台有点儿瑕疵的风扇面前停下，卖家说不妨碍使用，奶奶几乎没有任何犹豫便买下了它，然后搬回了家。

从那时开始，我几乎是有意识地让自己懂事，从不在小卖部里闲逛，我不再开口问奶奶要任何不必要的东西。

每次看到她从口袋里掏出用手绢包裹住的钱，每次看到她谨慎地点着每一张纸币，我都觉得，我索要的每一样东西，都像是一种罪恶。

◎

这种对金钱的敏感，在我 10 岁那年变本加厉。

10 岁那年，父亲再婚，应女方要求，千辛万苦在县城买了套房子。

他们结婚后前往外地工作，而奶奶带我在县城读书，我开始了所谓的城里生活。

游乐场我没见过，肯德基我没吃过，好不容易托关系转学，我上英语课的时候，连二十六个字母都读不利索。

老家的教育和城里的完全不同，我没学过英语，除了 yes 和 no，我不会第三个单词。

在城市里适应的第一年，我总是窘态百出，像一个小丑。

不知道什么时候开始，我的忧愁开始疯长。

夜深人静的时候，我常常在想：

如果我有钱，也许我可以去吃一顿肯德基，和朋友们聊聊新出的汉堡什么味道；

如果我有钱，我不至于因为没钱报名参加秋游哭着跑回家；

如果我有钱，我也不会因为没吃过猕猴桃被亲戚家的小孩嘲笑……

那些年，我被阳光晒过的脸在一群白嫩嫩的同学中，格格不入，渺小自卑的我，从没发自内心地笑过。

◎

如果说，高中以前我只是看到了小县城里贫富的参差，那么大学，则是我了解社会的四年。

大学第一年，父亲每月只给我五百块，又或者一次给我两三百，用完了再问他要。

我从小脾气倔，再加上和我爸不亲近，开口要钱就成了一件伤自尊的事情。

为了减少频率，不问我爸要钱，我发过传单、做过家教，日子过得紧巴又憋屈，我发现没钱真的寸步难行。

偶尔宿舍里的女孩们相约出去吃饭，我都会在暗地里计算一下，这顿饭会不会影响到我正常的生活。

学校组织去看展，需要缴纳费用，我鼓起勇气打电话给我爸，他第一句话是：一定要去吗？

金钱的匮乏让我尝尽了生活的窘迫，我无暇去顾及青春里的诗和歌。

别人恋爱的时候，我在想着怎么挣钱；别人失恋的时候，我在想如何才能拥有正常的生活。

于是，我很努力，努力到无能为力的地步。

去做墙绘、尝试自媒体写作、给音乐人撰稿……

再后来，我在某个平台上写文章，因为小清新的校园爱情小说得到了编辑的认可。

我拥有了第一篇被杂志社推荐发表的短篇小说，紧接着是第二篇、第三篇……

就这样，被贫穷逼迫得不得不跑起来的我，在写作这条路上，一直走到了今天。

◎

说真的，金钱捍卫尊严的时刻太多了。

金钱治愈了我太多的矫情时刻。穷怕了的我，这些年理性务实了很多。

比起往年，我被无用的情绪击中，矫情泛滥，我去改微博昵称，去朋友圈设置"三天可见"，或者发一条朋友圈想要引起关注……

现在的我，已经学会把时间花费在解决问题上。

因为家庭条件而自卑吗？那就赚钱，与其自怨自艾，不如改变能改变的，靠自己去闯一闯。

因为爷爷奶奶省吃俭用而愧疚吗？那就多赚点儿钱，好好孝敬他们。

因为到处搬家感到居无定所？那就赚钱，无论多大的房子，买一套写上自己的名字，再也不用寄人篱下。

这些年，我逐渐坦然，真实面对自己对金钱的渴望。

因为穷怕了，我一直逼着自己要有出息。

有时候我问自己：每天这样写快乐吗？会感觉疲惫吗？其实仔细想想，一个自卑敏感的人想要快乐，得找到源头，让她不敏感不自卑的源头。

当然，说了这么多，我只是穷怕了，吃过太多没钱的苦，就不想赚到钱了还抱怨什么。

写作能赚钱，不算苦，是乐事。

我不想因为钱和谁低三下四，不想因为钱而为难谁，更不想因为钱变成敏感易碎的生物。

再也不想回到过去了。

◎

茨威格曾经这样形容过贫穷，他说：

"是的,贫穷的气味是不好闻的,贫穷就像一间位于楼房底层门窗通向狭窄不通风的天井的房间,就像不经常换洗的衣服那样一定会散发出污浊难闻的气味。你自己就老是嗅到它,好像你我自身就是一摊臭水。"

一个人在贫穷里挣扎了太久,大概只有两种结局。

一种是像茨威格说的那样,以为自己本就属于臭水沟,浑浑噩噩一辈子;还有一种则是将对贫穷的厌恶化作成长的内驱力,最终,内驱力转化为行动力,未来便势不可当。

我想,我应该是属于后者。

当我不停地尝试,不断地坚持,机会就如约而至。

我在写作这条路上足足坚持了八年,起早贪黑地写,不知疲倦地写,到现在,我已经可以成为一名自由职业者,收入直线上升,我发现无论收入、能力、成就感,都在爆发式地增长。

女孩们,无论你是怎样的出身,人生都拥有无限可能。

人穷不是最可怕的事情,"心穷"才无药可医。

所谓"人穷穷一时,心穷穷一世",但凡你有不服输的拼劲儿,你的命运就掌握在你自己手里。

人生无完美，曲折亦风景

◎

好友甜甜结婚的前三天，邀我见面。

她发给我新家的地址，说是又买了一套房，目前住在那里，让我顺便去认认门。

她到楼下接我，整个人的面貌比去年见面时好很多。

我们聊了很多，最多的当然是她的新郎，以及她对未来生活的展望。

女孩子眉眼带笑，提起未来的丈夫整个人都变得温柔起来，原来那样内向敏感的女孩子，在爱情的滋润下好似换了个人。

一个小时后，我见到了好友口中的完美男友，个子很高，身材壮硕，一看就十分有安全感。甜甜拉起我的手，大大方方地将男友介绍给我认识。简单地点头致意之后，甜甜又开始对我开启"夸夸"模式。

我有些难为情,赶紧制止,没想到她先"倒打一耙":

我这是示意他帮你物色好男人!你看看你,不社交,整天闷在家里,像什么样子?

不置可否。

我认命地附和,这场人生考卷,别人都答完题交卷了,我连笔都还没拿起来,的确让人着急。

朋友们看不过去,热心肠想要牵红线,我当然要领情。

◎

下午,甜甜提议我陪她去做一下脸部护理,化妆师告诉她,做一下美容,可以让妆容更服帖,从来不做美容项目的她便蠢蠢欲动。

"看来你是真的很喜欢你家那位。"

甜甜白了我一眼,完全没想到我会说出这么理所当然的蠢话。只是过了几秒后,她似乎反应过来,找补了一句:"相亲当然也有真爱。"

大概是两年前,甜甜从一段失败的感情里走出来后,家里的相亲便没有停过。

那时她一副听天由命的状态,说年纪已经大了,相亲就相亲吧,如果合适,也没有理由拒绝。

尽管甜甜说得很是释然,但语气里都是无奈,我听得出来。

彼时的我，对相亲深恶痛绝，面对家里的安排，总是一味拒绝，我看着甜甜这接受的态度，气不打一处来。

我告诉她：千万不要妥协，千万不要！

而仅仅是小半年后，甜甜在电话里欢呼雀跃，告知了我在相亲时遇到了喜欢的男孩。

我听着甜甜在电话里跟我说她的恋人，语气里的温柔是藏不住的，并且溢于言表。

那是我第一次在真实的生活中，看到通过相亲在一起的情侣，我甚至固执地想着，甜甜一定是和现实缴械投降了，她自己也说过，年龄渐渐大了，需要与一个合适的人进入新的人生阶段。

那天做完美容回来的路上，我问甜甜："是真的心甘情愿结婚吗？还是出于父母的压力？"

甜甜肯定地回答："我很喜欢他，他对我很好。"

我这一颗心放下来，再也没有多余的顾虑。

◎

甜甜结婚那天，我们在人海中互相对视了一秒，眼睛瞬间红了，甜甜在为自己找到爱人红眼，而我呢，为甜甜找到爱人红眼。

我和甜甜的友谊好多年前就已经建立，我们经历过彼此人生的最低谷，也都是在差不多的环境下长大，因此更能明白彼此的执着。

执着于有一个真正完满的家庭。

甜甜在小学时便没了父亲，母亲一个人拉扯着她，好辛苦。

那时的甜甜也是这样肤白貌美，只不过性格内向，和别人多说一句话，脸都能红得像苹果。我们在无人时交换彼此的身世秘密，在晚自习放学回家的路上一起控诉过命运的不公。

她的语气总是淡淡的，淡淡地谈失去爸爸这件事，淡淡地跟我说属于她的烦恼，就连提起少年丧父这个话题，她的语气里都是淡淡的难过。

那个奔忙于生活的男人，对她用了全部的爱，却没有机会给到陪伴。以至于当她爸病逝之后，她的痛感也是迟钝的，没有歇斯底里，只是在一些情绪上涌的深夜，突然悲从中来。

原来自己后来的人生，再多喜悦和忧愁，都没有机会和那个男人分享了。

◎

幸运的是，甜甜在初中时，又拥有了一个完整的家庭。

你没看错，是完整的家庭。

她的母亲和曾经的初恋再次相遇，两个人都已恢复单身，于是不再等待，重新组成了家庭。在这个新家庭里，甜甜的母亲被尊重、被优待，甜甜也拥有了一个新的父亲。

这个新父亲，很好，好到我和甜甜每一次聊天，总会感叹，命运对我们多有垂怜，给了我们人生重启的机会。

我们在幼时饱受了各种眼光，也曾对未来大失所望，但是爱很神奇，爱有让人重新出发的魔力。

内向敏感的甜甜后来变得乐观开朗，她的继父就像亲生父亲一样待她，供她去最好的学校读书，让她尽可能往上走。

在婚礼的这一天，甜甜抱紧了台上的父亲，她含着热泪说了一句"谢谢爸爸"，一股热流倒灌进入鼻腔，眼泪几乎抑制不住。

我看着台上年过五旬的男人，腼腆、害羞，不多言，却由衷感叹对方真的是一个良善温柔的人。他让一对原本孤苦的母女有了家，过上优渥的生活，并且有足够的胸怀，十年如一日贴补甜甜亲生父亲的父母，至纯至善，人间难寻。

◎

书上说："人生无完美，曲折亦风景。"

我和甜甜都在重组家庭长大，也拥有过共同的少女心事，我们渴求幸福的家庭，渴求饱满的温情，成长道路上，不知道多少个夜黑之时陷入过无边落寞，只是，我还是想说没关系，先苦后甜，甜才更甜。

咬咬牙，熬过去，意想不到的惊喜就在拐弯处等着我们。

人生苦短，却又不妨碍我们从中汲取甘甜。

若眼下的日子不好过，请先学着珍惜每一份小小的喜悦和感动，生活会奖赏那些咬牙前行的人。

不是每个女孩,都有觉醒的运气

◎

特别喜欢《岛上书店》里面的一句话:"每个人的生命中,都有无比艰难的那一年,将人生变得美好而辽阔。"

看到这句话的时候,我一下子就想起了我的一个女同学。

那女孩我有印象,在我小学四年级没转学到城里读书之前,她和我同班。个子不高,很瘦,记忆里她的头发很短,人怯怯的,讲话很小声,胳膊上总会有些淤青红肿。

那时我也不过十来岁,父母离异,好在爷爷奶奶对我很好,在乡下经营着蔬菜大棚,虽然辛苦,却不愁吃穿,能和普通农村人家的孩子一样无忧无虑。

但她不是的,她来过我家一次,见到我奶奶给我批发回来的成箱的方便面和乳酸菌饮料,她便站在那儿走不动路。

她说她都没怎么吃过方便面,更别说喝饮料了。我奶奶看她可怜，给她塞了两包方便面，走的时候我还送了她一瓶饮料。

后来她回家，奶奶跟我说："每次赶集路边你看见的破棚子就是她家，她爸进了监狱，她爷爷奶奶打她，上学还是她婶子供的，真的是投胎投错了。"

再后来我转学去县城，失去了她的消息，直到大学，才从奶奶口中得知，她在父亲的安排下，嫁给了一个中年男人。

据说是很远的地方，她不喜欢这个男人，但命运似乎总是喜欢和她开玩笑。后来她生了孩子，似乎人生就有了新的人生期待。

但命运似乎不打算放过她，丈夫对她经常拳打脚踢，忍了好几年，突然有一天她选择了轻生。

我难以想象她当时的人生到底充满着怎样的黑暗，也难以想象，她是怀着怎样坚决的心情去赴死。

听到这个消息，我只感到深深的无力。

人类的悲喜并不相通，或许我只想表达：即便人间不值得，但人间烟火值得，山河辽阔值得，星辰大海值得。

◎

我今年28岁，幼时经历过一些冷待，却幸运地被更多温暖的人"包围"。

贫穷的家庭困住我，离异家庭让我性格古怪，成年后也缺少爱的嗅觉。不够幸运的出身，的确让我经历比同龄人更多的曲折和辛酸，只是与此同时，我也因为身处底层，看到了更多的底层不幸，所以才更会劝自己要常怀感恩之心。

我的父亲有些重男轻女，但却由衷希望我的婚姻能够自主选择。他不好赌更不酗酒，偶尔喝醉在我面前痛哭，也说过对我的亏欠。

我的母亲从小离开我，却在我长大后惭愧地找到我。我和她无法亲密起来，但总归是弥补了一些幼年时的缺失和遗憾。

这些年，我写作，讲述自己的家庭，时常可以和一些女孩共情。她们中有人跟我一样觉醒后咬牙前行，有人一味抱怨，还有人陷进泥淖里，再也没有走出来。

说实话，我理解，都能理解。我也在放弃和坚持之间徘徊了很久，久到这些年，情绪病一个不少，甲状腺结节三级、乳腺结节三级，还有中度抑郁。

是的，我从来没在任何场合说过我有抑郁症，从来没有。

父母离异各自有家的往事我已经不想再赘述了，父爱天平的失衡，母亲的消失，还有所有人的有色眼光，加上并不那么强健的身体，还有一度被"你妈妈不要你"这句话充斥的整个童年，让我无法自信、自尊、自我地长大。

我不相信自己值得被爱，不相信自己拥有被爱的魅力，一个被母亲抛弃的孩子，谁会去爱你？

也是有过不好的念头，在床头柜的后面刻上"我恨爸爸"的字眼，在阿姨和爸爸的结婚照上涂上黑色的水彩，在夜深人静的夜晚莫名失控哭泣。

那些被黑暗和孤寂包裹的日子，现在想起来还是能够感到钝痛和无助。

14岁，我在路上看到一家三口其乐融融的景象也会暗自垂泪，我常常问自己为什么会来到这个世界。

更小的时候，在被亲戚以冷漠的口吻说"有娘生没娘养"的时候，我也在深夜蒙着被子小声抽泣，有段日子，我每天早晨醒来眼睛都肿得不像话，为了不让年迈的爷爷奶奶发现，早饭不吃便飞奔出门去上学。

太多太多了，太多不快乐在童年的角落里隐匿，我不去提及，独自咀嚼，以至于成年后变成了一个仅仅是看起来，就很不快乐的大人。

命运可能真的觉得我的苦难太多了，命运大概也早就为我的人生埋下彩蛋。

那些感到疼的童年的伤疤，在时间的治愈下不知不觉结痂，已经不被察觉，似乎从未发生。

那些踽踽独行的日子里，我通过读书治愈我自己，通过写作得到了来自陌生人的鼓励和关心，摇摇欲坠的人生因为文字，慢慢坚定、慢慢杀出一条明朗的前路，终于让自己体面地行走人间。

◎

一个精神内科的医生曾经说过这样一句话:"一定起码要有一个谁都不会否定你的场所。"指的不一定是夫妻、恋人、家人或者朋友。网络上匿名的联系也好,真的要一个就行了。有的话,无论遭遇多大痛苦,人类意外地都能坚持下去。

确实是这样的,我就是这样熬下来的。

某种意义上来说,我是不幸的,但和我曾经的女同学比起来,我又幸运太多。

我不像"她",碰到劣质的原生家庭,被最亲的人一次次丢在了死胡同,"她"的人生被扼杀。

我的爷爷奶奶爱我,不惜一切让我读了书,走出了十八线小城。

我的父亲重男轻女,他没有给过我饱满的父爱,却履行了父亲承担子女教育的义务,从没在学费上苛刻。

我的母亲很早就离开我重新组建了家庭,但她后来尽可能弥补我。

我依旧是感恩的,感恩有人自始至终支持着我,感恩我在放弃和坚持之间选择了后者,感恩疲长的岁月里,我历尽千辛万苦终于走上了那条通往未来的路。

朋友,无论身处怎样的困境,无论出生在怎样的家庭,我希望你仍旧抱着一丝希望,咬牙挺过所有命运的捶打。

相信我,你会在岁月的洗练里变得周密和坚强的,那些你以为熬不过去的坎儿,最终也只是一时的困难。

"所谓生命,是既然来了,就好好地活一次。"

这是日野原重明在《活好》中传递的人生智慧。希望我们都拥有这样的智慧。

人的一生难免会有一段艰难的时光,黑暗、痛苦,走过这段漫长且漆黑的隧道,你才会遇见光。

请你好好活着,然后,全力以赴地快乐!

做真实的自己，更需要勇气

◎

阿刁是一个缺根筋的人，至少在我认识的男性朋友中他是。

之所以说他缺根筋，是因为他一天到晚傻乎乎的，明知道女友去意已决还是不远千里跑去挽回。可是结果呢？在去挽回的当晚，他看到女友已经牵着别人的手去了小区楼下的火锅店。

阿刁在火锅店门口，没勇气进去，也没有掉头就走。他就看着那对情意绵绵的男女，他窝囊死了，但他没有勇气当面戳穿，而是掏出手机对着对话框回了一句"好的"。

回来那天的下午，阿刁换了手机卡，甚至把情侣款的手机都放在网上卖了，他收到钱的下一秒便打电话给我，说要请我吃炭烧牛蛙，他说要自带一份花生米，再配上一扎啤酒，这样才能借酒消愁。

借酒消愁向来是暂时逃避问题的方法，那天晚上阿刁全程都在说过去有多美好，只字不提要放下，我劝了几句，发现对方没打算走出去，于是哑然，只能和他碰杯，希望时间能淡化他的痛苦。

那顿酒以后，我和阿刁继续忙着各自的工作，我没在朋友圈再看到阿刁更新动态，他的微博也冷清了许多。我猜想借酒消愁有用了，阿刁是个干脆的男人。

◎

直到半年后，我入职了新公司，当了主编，阿刁的电话再次打来，他问有没有合适的文案工作，女友最近在找工作。

那个女友不是旁人，正是以前脚踏两只船的前女友。

许多细节不必深究，感情的事就像周瑜打黄盖，她愿意打，他愿意挨，旁人说不了更多。

我礼貌地回复了阿刁，只说等有合适的岗位就会推荐，便没有再说更多。

就这样，在日子波澜不惊过去了大半年的时候，阿刁再次主动给我发了一条信息：朋友，我要去深圳了，走之前喝一杯？

我们约在一个生意火爆的大排档，两个同样小地方出来的人，坐在大排档里说人生，似乎更合乎心境，那里有太多年轻人推杯换盏，一遍遍，那碰撞的响声仿佛梦想破碎的声音。

阿刁还是那个阿刁，不过和记忆里的完全不同：瘦了，精瘦，皮肤也变得黝黑，不苟言笑。

那个为了给女朋友买生日礼物而辛苦打两份工的少年，现在就像金庸小说里以为姑姑失踪了的杨过，胡子拉碴，一脸衰样。

我就算不问也知道，这哥们儿和"白月光"又分手了。

"你这一次两次都行，但是三次四次都栽在同一个女人身上，属实让我没有想到。"

阿刁苦笑，他拿开头顶上的鸭舌帽又重新戴上去，似乎是想掩盖自己的无措。

在霓虹闪耀的城市里，眼前这个27岁的男生表情苦涩，眼里无限落寞。

我当时就在想：人一遇到感情，真窝囊！

◎

在这个迷茫的时代，有人不需要爱情，只要在社交软件上"撩骚"，就有大把大把美好的身体投怀送抱；有的人为爱情掏心掏肺，对方还是说走就走。

我见过很多和阿刁一样痴情的年轻人，他们在感情里很认真，他们只想谈一场能够牵手回家、欢天喜地见爸妈的恋爱。

我告诉阿刁：被分手很正常，不丢人，以后越来越成熟，就当是成长了。

阿刁没有接话，点了一根烟，狠狠吸了一口。这段恋爱长跑当然不能只当作成长中轻飘飘的一环,他从少年的17岁成长到27岁,十年,曾经的爱情信仰,一次次修补,缝缝合合数次,最后还是漏洞百出。他怎么可能不大伤元气?

我看着阿刁,许多安慰的话到了嘴边却没办法说出口。

谈恋爱是一种赌博吧,在结果出来之前,在没经历过满盘皆输的结局之前,总觉得双方彼此相爱,是灵魂契合相伴一生的存在。

可是真的无所畏惧地付出之后,冷漠、揣度、伤害、试探、背叛……以前一千次的欢喜,存留在记忆里成了一万次的低头叹息。

◎

阿刁不敢赌了,他不是个拿得起放得下的人。上飞机之前,阿刁冷不丁刺激我:你一天到晚标榜单身,你其实特寂寞。

他打开我的微信朋友圈,用嘲笑的嘴脸给我看我自己的朋友圈状态。

越看越假,越看越心虚,我连反驳的余地都没有。

下班拍的夕阳晚霞,配一段矫情至极的文字;莫名其妙的鸡汤以及最近喜欢上的偶像高清照片;就算是吃一顿饭喝一杯咖啡也忍不住发个朋友圈……

生活的壁垒和心里的壁垒,一层层叠加起来,仿佛告知所有人我独身的美好、我的丰富、我的充实。

但我自己知道，我其实空虚得要命，我的生活枯燥空乏，交际圈狭窄，我渴望被关注、被有共鸣的人懂得，我上一秒矫情下一秒理性。

我比任何人都渴望爱，我渴望稳定、坚固、无懈可击的亲密关系；渴望遇到一点点受挫的事情就有一个大大的怀抱毫无保留地包裹我；渴望在冷漠的人群中，有人自然而然牵我的手，不需要言语，不需要观察对方的脸色。

我们迎着轻柔的风，听最好的歌，悠哉悠哉，不担心前路，不在过往中困顿，好像离不开彼此一分一秒。

但是我遇不到，我遇不到，我见过的感情，经历的感情通通没什么好结果，变心很容易、诱惑很多。

我很悲观，我不信这世界上有可以恒久忍耐不会被推倒的关系。所以我先投降了，投降给易碎易变的人心。

我为了看起来凛冽些，看起来理直气壮些，看起来潇洒利落些，我先昭告天下：我一个人也可以生活得风生水起。

◎

从某种意义上来说，我真的比阿刁懦弱多了，我比他厌。

相比他不管不顾跑去挽留异地女友的姿态，我简直弱到太平洋了，他不明智，而我不勇敢，我其实心里有一个放不下的人，我只是不敢打探。

几年前,我用我的言行举止告诉我特别喜欢的人:你想走就走,我无所谓,也不强求。

我用我的偏执和骄傲,把喜欢的人推开,最终自己变成了一个胆小鬼,就连最真实的遗憾,也遮遮掩掩。

以前读书,在高台树色的《白日事故》里有一段话让我印象很是深刻:

"十几岁的人说出的情话不是情话,只是,昨晚梦到了你,清晨起来,虫鸣鸟叫,餐桌上有一盘草莓,挑了一颗最好的,在放进嘴巴之前,忽然想要拿给你。于是拿给你。不辞万里。"

或许所有的爱不得、求不到,都应该有一份清晰的表达,至于结果是好是坏,都不再重要,重要的是,这是成全自己的过程。那个人的回应已经不再重要。

阿刁做到了,即便对方根本不值得,那也是阿刁自己的选择。

我不像阿刁那么勇敢,但或许今天之后,我要思考,如何变成一个勇敢面对自我真情实感的人。

辑六

爱自己才是上上签

生活没有放过每一个年轻人,时间也没有放过每一个正在老去的父母长辈,在他们自己都浑然不觉的时候,这个世界正和他们慢慢脱节。

爱自己是人生的必修课

◎

越长大越觉得,喜欢自己是人一生中最高级的能力。这种能力一旦获得,将避免百分之九十的内耗,也将赶走大多数的不开心。

在我还是个孩子的时候,我就不喜欢自己。

没有别的原因,因为喜欢我的人太少了,爸爸不喜欢我,妈妈也不喜欢我,邻居们的眼神里没有喜爱,全部都是怜悯。

我根本不知道怎么找寻自己的优点,找到自己值得被喜欢的地方,我为此大受打击。

14岁时,家里拥有了一个可以照见全身的镜子,我洗完澡在氤氲水汽中,第一次打量自己,眉眼寡淡,皮肤黝黑,瘦弱,鼻翼两侧是星星点点的雀斑,细小却肉眼可见,而因为天生发质不好,发色显黄,整个人更加显得没有精神。

那一天我确定自己不漂亮，或者直接点说，我承认自己生得丑陋，我无法直视镜子里的自己，甚至开始时不时问爷爷奶奶，为什么我不扎头发，为什么我的皮肤那么黑，为什么不给我穿裙子。

或许是察觉到了我的不安和渴望，有一阵子，爷爷奶奶在赶集时会留意小女孩喜欢的衣服和物件，我兴高采烈拿着他们给我买的发卡和裙子去镜子前比对，我哭了，哭得好大声。

我发现自己更丑了，没有长长的黑色头发，没有雪白的皮肤，也没有出挑的五官，我这样的小孩穿粉色裙子，戴粉色发卡，一眼看过去就像个跳梁小丑。

◎

从那以后，我再也没有在穿着打扮上用过力，粉色是我再也没有尝试过的颜色。我死心了，并且把"变漂亮"这件事定义为我人生路上最不可翻越的大山，我决定在别的地方努努力。

我开始有意识地去做一些能够改变的事情，不做徒劳的挣扎。

比如好好学习，比如多读书，既然装扮不了外在，我就武装大脑。

在新华书店如饥似渴阅读的那几年，是我和我的容貌焦虑斗争的几年，尽量忘记自己不好看这件事，在文字里寻找一种内心的沉静，不再对外表过度关注，同时将注意力转移到别的地方。

现在看来，这个想法并不幼稚可笑，从结果来看，甚至有一点儿成功。

我不喜欢我自己，不喜欢自己的出身、家庭、容貌、性格，也常常讨伐这样的自己，但随着岁月的洗练，外在没有变漂亮的我，内里似乎深深有了根，写作让我被看到，不是妆容、服饰、长相的突出被看到，是能力突出被看到。

这对我而言，无疑是一种莫大的奖赏，是我想都没有想过的殊荣。

我在很久之后的今天问自己：

你还是不喜欢自己吗？

答案已经不再如当初那般，多少已经有了一部分的肯定。

我好像一直都在攻克"爱自己"这个人生课题，不在被爱里寻找自我价值，而是通过自己的体验、阅历，去弥补和成全自己。

我爱自己的高敏感，这让我更容易写出细腻的文字；我爱自己的古怪，不合群又有些莫名的固执，这让我特立独行，避免了千篇一律的样子；我爱自己的感性，这让成年后的我依旧忠于内心，保有一份难得的诗意和浪漫。

◎

忘记在哪里看过这样一句话：

你这辈子的剧本，你上辈子在天堂早已经看过，之所以这一生的剧本那么烂还会选择，是因为一定有它值得的地方。

这句话被我记到现在，偶尔翻出来回味，会从里面找出一些零碎的甘甜。

人生的脚本当然不会完美，怨天尤人也只是原地踏步，不会让生活好起来。

我哪儿哪儿都不好，却还是得到了爷爷奶奶尽可能的爱，我不喜欢我自己，甚至时而自我否定，但是爷爷奶奶从来不吝啬夸奖。

过去没能得到的关注、认同，在我成年后，全部返还。陌生人因为文字跟我共情，可爱的读者因为文字跟我建立联结，我得到更多的喜爱，也因此重新认识自己。

天啊，28岁的我还是不漂亮，一如既往的不漂亮，胶原蛋白流失了很多，皮肤衰弛，因为常年写作深度近视，戴上眼镜真像个小老太太，和十四年前的豆蔻女孩相比，已经有了肉眼可见的老态。

但我身上已经流露出一种承担和坦然，坚定和勇敢，那是皮囊带不来的，是精致的穿扮给不了的，我自始至终没有变美，却自始至终在走向绽放。

或许我永远也无法完全满意我自己，我总是有新的焦虑、新的不满意，但早就不再是因为容貌，不再是因为鼻翼两侧的雀斑。

而是一些看不到摸不着的东西。

比如间歇性的内耗，比如偶尔的沮丧，比如时不时地想要偷懒……

如果可以给喜欢程度打分，我想应该会给现在的自己打上90分，还有10分，留给每一次的进步，每一天的成长。

如此，我才能时时保持谦逊的态度，反思、鞭策自己，爱更好的自己。

朋友，爱自己是人生的必修课，我们不必拿满分，也很难拿满分，成长的路上，只要你能每天多喜欢自己一点点，就一定会受益终身。

如果你认识从前的我，你就会原谅现在的我

◎

8月，和弟弟一起回老家，途经老宅，那里已经被机械夷为平地，如今一片荒芜，只剩下杂草和残壁。

家家平房的日子好像还在昨天，但今天，别墅群在这片土地上尤为打眼，政府划分了新的社区，也改建了房屋，每家每户都住上了舒适的带院小楼。

弟弟一边看着窗外，一边随口跟我搭话："姐，这里是以前的村委会，你还记得吗？"

我望了一眼路边老旧的楼房，金色阳光下让它更加突显年岁，它老了，但却为我遮挡过风雨。

小学时，爷爷奶奶建了蔬菜大棚，为了方便看护，他们在大棚边上搭了棚屋。

我和他们一起住在里面，日子虽苦了点儿，但是蔬菜大棚起初收成很好，我们祖孙三人乐在其中。

只是好景没有维持很久，一场台风在某天夜里席卷小城，棚屋在半夜被掀了，大棚也毁于一旦，地里的庄稼更是惨不忍睹。

那天夜里，奶奶牵着仅仅几岁的我往外跑，爷爷则是抓紧时间抢搬电视机和被褥，我不敢回头，只听到爷爷远远喊了一句：

"把孩子攥紧了，不能放手！"

很多年了，我每每都会在大风天气回忆起那晚的情景：

白色塑料纸在空中飞舞，木板也在低空打旋，奶奶把我的手攥得生疼，我只听到她说："完了，什么都没了。"

◎

那一夜，漫长又心慌，我们在刚建好的村委会毛坯房里待了一个晚上。

清晨的时候，奶奶给了我一枚一元硬币，她说今天奶奶做不了早饭了，你去学校买一包干脆面吃。

我点点头，背上书包，从村委会走出来，怯怯的，不敢看昨晚的狼藉。

十来个蔬菜大棚无一幸免，黄瓜架七倒八歪，锅碗瓢盆散落在路边，只有一张铁架床静静地守在原地。

我看到爷爷落寞地坐在路边，他发愁的模样我记得清晰。

大概是从那时候开始，我走路时把头埋得很低，碰到有人谈论起自家的蔬菜大棚，语气里有怜悯、调侃和戏谑，我通通不敢发声。

我觉得好丢脸，我还会想：今晚要住在哪里呢？今晚有没有地方住？

◎

其实，在我出生的村子里，我们家的条件未见得最凄苦，只不过以我的视角来看，数次辗转，数次在临时居所里住着，安全感也就到了零点。

印象里，我除了住过棚屋，还在猪场里待过一段时间。

不过，不是真的和猪一起生活，只是在旁边建了一间房子，用来照看几百头猪罢了。

那时大伯家响应号召，花了十几万建了猪场，但缺少自己信得过的人照看，正愁云满面。

出于平衡大伯一家的心理，爷爷辞掉了工地上的短工，接受了大伯的提议，一月一千块，住在猪场为大伯照看那两百头猪，而奶奶则是在城里带着我读书。

夏天的猪场总是臭烘烘的，热风夹杂着猪粪便的味道，我偶尔过去看爷爷，他像一头已经衰老的水牛，但是力气尚可，推着小车，在猪场的走道里，给猪喂饲料。

我起先不敢靠近，也觉得嫌恶，嫌恶那里的风、那里的水、那里刺鼻的底层的味道，只是再嫌恶，我也不可能和这种生活断绝，我慢慢接受了现实。

◎

人们都说，人在缺少选择的时候，总是什么都能适应。这话不假。

我本以为在县城和猪场之间往返，是我的底线，但没想到，出了车祸后，我连这个底线也失去了。为此，我哭了好几个晚上。

高二的冬天，晚自习结束后，我在回家的路上遭遇车祸。

左脚踝粉碎性骨折，消肿后动了手术。医生说，书是没办法读了，需要一百天的时间才能正常走路。

我休学了，从高二下来，被爷爷奶奶带回了老家。而因为猪场实在是没办法找到能替代的人，爷爷奶奶便把我带去了猪场照顾。

讲真的，那一年是我人生至暗的一年，休学，来年要留级重读，最好的朋友们跟我渐行渐远。

我在破败的平房里安静地躺着，白天有聒噪的知了叫嚣，夜里则是听到此起彼伏的蛙叫，我闻着偶尔借风而来的臭味，时常感到人生绝望，未来没有任何生机。

我在想，人生真烂，日子真苦，活着也好生没劲儿。

◎

爷爷不忍心看我郁郁寡欢，思来想去，大伯家的楼房建成，距离猪场不算远，或许可以让奶奶和我住进去，让我得到更好的照顾。

一向不低头的爷爷，和大伯商量是否能把我送到他家休养。电话里，大伯满口答应，只是隔了几天，大伯便改口，声称家里不便住下。

我后来，认命地住在猪场旁的平房里，日日坐在门口，看路边来往疾驰的车辆，我想逃，想逃得越远越好。

有好些日子，我早早醒来，躺在床上看爷爷奶奶早起农忙，看太阳从地平线升起，我想起小学课本中被喻为"希望"的朝阳，不知不觉就哭出声来。

这哪里是希望，这是绝望。

◎

大概十一二岁的时候，我读过高尔基的《童年》，里面有一句话一直被我记在日记本上。

直至现在，我都可以一字不落地背诵出来：

"我总是怀着惴惴不安的心情去注视别人,好似有人把我心上的皮撕掉了,因此,我的心变得对任何精神上的屈辱和痛苦,无论是对自己还是对别人的,都难以忍受的敏感。"

一直以来,我便是这样的,惴惴不安、变态地敏感,即便是成年后,我以为我的重心会偏移,会把目光投向恋人和伴侣。

但我真的恋爱后发现,爱情不会将我喂饱,过去缺失的安全感,只能靠我自己拿回。

就这样,我的眼睛放光,比任何女孩都要好强,我吃得了苦,也终于在几年后得偿所愿,拥有了自己的房。

时光荏苒,我得到了我想要的,代价就是大龄未婚,还被贴上了一心挣钱、冥顽不灵的标签。

没关系,我欣然接受,也不打算辩驳。

我永远不会被所有人理解,所有人也没有义务花时间理解一个无关紧要的人。

张爱玲也说了:如果你认识从前的我,那么你就会原谅现在的我。

想通了这一点后,我就释然了,依旧在现实里坚硬,依旧在文字里柔软。这是我目前能够找到的属于我的最好的活法。

爱是两个独立人格的双向奔赴

◎

朋友被冷暴力了。

在快要订婚的时候,被男友冷暴力一周。电话不接,消息不回,整个人就像人间蒸发了一样。朋友给我打了视频,断断续续讲了来龙去脉,整个人都在崩溃的边缘。

朋友的这段恋情,是在27岁这一年开始的,那时她被家里催得不行,恰逢遇上了现在的男友,有一点儿心动,于是很快便答应。两个人迅速陷入热恋,当然,也迅速进入了倦怠期。

吵架、冷暴力都是常事,好多次朋友跟我诉苦,嚷嚷着分手,但最后都是得过且过。

我没有关注别人恋情的习惯,偶尔听到一些感情上的事,也只是附和着控诉的一方,不愿意多做评价。不是淡漠,而是这事儿经历多了,也就清楚情侣们之间的反复。

大多时候，他们十次说分手，大概只有一次是真的，虽说"旁观者清，当局者迷"，但道理总归是道理，即便旁人分析得头头是道，自己了然于心，可恋人一旦低个头或是用轻言细语哄一哄，感情就会重归于好。

◎

这个朋友，我到底是没忍住，劝她分过好多次。

印象中，我和他们一起吃过饭，那时二人刚确定了关系，请了一帮友人吃饭，女生怕尴尬，把我也拉去参加。

那顿饭难以下咽，如果不是为朋友考虑，我可能早就离场。男生在共同朋友面前，毫不掩饰地批评我这个朋友的妆容和穿搭，话里话外无不充斥着优越感。我看到她埋得越来越低的头，好几次想掀桌子开口大骂。

一个男生，他当着那么多人的面贬低、否定自己的恋人，不懂尊重，他就不会是好的伴侣。更别谈以后结婚生子，和和美美共度长久的一生。

那天，我很认真地告诉朋友，对方并不是适合结婚的人选，让她好好想清楚。朋友沉默了好一阵子，理由还是没变，她说年纪大了，这个不行，下一个未必就好，不敢放手。

我该说的话已经说完，剩下的全凭当事人决断，作为朋友，只能尊重、理解，无法代替她去做决定。

◎

很多时候，我们喜欢一个人，总以为做什么都不为过，摘星星摘月亮，恨不得把心掏给他看，只觉得这样才能表示真心。

但其实，一段好的亲密关系，能让原本残缺的人格在这段亲密关系中得以健全，两个人探索自我，完善人格。

我还是建议女孩子们，能够像对待喜欢的人那样对待自己，把对恋人的耐心、宽容和认可，更多一点分给自己。

你能宽容喜欢的人，为什么不能试着对自己宽容？

你能欣赏喜欢的人，为什么不能试着欣赏你自己？

你能肯定喜欢的人，为什么不能试着肯定你自己？

你善于发现对方身上的优点，为什么不试着找找自己的闪光点？

你鼓励喜欢的人追求梦想，那为什么不记得同时把自己的梦想点燃？

你对喜欢的人有所要求和希冀，那你为什么不对自己有所要求和希冀？

……

相反的，你欣赏对方，对方却总是贬低；

你宽容对方，对方却总是不以为意；

你迁就对方，对方得寸进尺……你的人格可能会因为这段恋情更加不健全，乃至扼杀了你原本的优势。

很多时候,从爱人对你的态度,可以看到你对自己的态度。而所有的态度,都因你自己允许。

◎

现如今,很多人的恋爱都是畸形的,人格残疾却在以恋爱之名索取和自我感动式牺牲,根本不是健康的爱。

很小的时候,读过舒婷的一首诗——《致橡树》。

诗里有一段,我至今都能背诵出来:

> 我必须是你近旁的一株木棉,
> 作为树的形象和你站在一起。
> 根,紧握在地下;
> 叶,相触在云里。
> 每一阵风过,
> 我们都互相致意,
> 但没有人,
> 听懂我们的言语。
> 你有你的铜枝铁干,
> 像刀,像剑,也像戟;
> 我有我红硕的花朵,
> 像沉重的叹息,

又像英勇的火炬。

一直觉得，美好的爱应该是如同木棉和橡树的关系，是两个独立人格的双向奔赴，各自强大，却又比肩同行。

朋友，当你在一段感情中，一味地委曲求全，一味地被否定，打压，你的自信、自尊、自我，很可能也消失殆尽，最终导致严重的人格缺陷。

别误把讨好当作爱情，也别误把索取看作应当，独立的人格才是一段健康恋情的基石。

得偿所愿，是再美好不过的词

◎

很早以前就有过寄人篱下的感觉，因此，我非常渴望拥有自己的房子。

这份渴望里有着一份旁人难懂的偏执，偶尔和别人提及，别人也很难感同身受。

父母在我很小的时候便离异，长到可以独自坐大巴车的年纪，我就开始背着书包，在父母各自的家里辗转。

那些年，书包里总是放着三个煮熟的鸡蛋和一本书，三个鸡蛋是奶奶放的，不知道她是从哪里听来的说法，孩子出远门，三个鸡蛋能保平安。

书则是我自己放的，我在途中总是感到畏惧，年纪太小了，就算被邻座压到了衣服，就算前座的座椅挨到了我的膝盖处，我都不敢吭声。

这种情况下，读书是最好的，我完全沉浸进去，不管周遭的环境如何，自有自己的一番天地。

我母亲在我十多岁的时候再婚，结婚前就和男方约定，不要孩子，再加上两个人都经济独立，所以婚姻比旁人的顺遂许多。

大概是五六年级，一直不联络的母亲来找我，我们面对面站着，却认不出彼此，还是学校警卫室的老大爷过来告诉我，他说："孩子，她是你妈。"

◎

那是个乍暖还寒的春天，陌生的女人叫着我的名字，语气里都是怜爱，怜爱到我无所适从。

她很漂亮，比我们县城的女人都美，大波浪，风衣长至脚踝，一双眼睛深邃明朗，根本寻不到一丝的忧愁。

我们在那一天相认，我也在那一天第一次吃上了奥尔良烤鸡翅。她说你太瘦了，她说着说着就哭了起来，但我吃得正香，根本理解不了她的情绪。

"你怎么现在才过来当我妈？"

她明显被我的问题问到了，几秒后开始一通解释，不过我听不下去，完全听不下去。我只知道，她确实没在我需要的时候在我身边，我也习惯了生活中没有妈妈。

她问我恨不恨她，我说不恨，她先是喜极而泣，而后又问我是不是在安慰她，那表情我至今记得，眼角的黑色眼线隐隐被泪水浸润，微微花了，但还是很美。

"我不是安慰你的，我真的不恨你。"

我望着她的眼睛，郑重地给了她答案。

她这才放下心来，把眼泪擦干，跟我安安稳稳吃了顿饭。

我确实是不恨我母亲的，因为脑海中没有有关她的记忆了。

◎

曾经拥有再失去，或许能够感到怨恨，但是我从没有触碰过，又谈什么恨意呢？所以很小的时候我便有些奇怪，怎么电视剧里被母亲抛弃的孩子恨意那么强烈，为什么我没有？

我后来仔细想了想这个问题，大概是，爷爷奶奶从小就没有引导我什么，而我因为少有人爱，在那几年里又经历了父亲再婚，弟弟的降临，所以太渴望多一个人爱我了。

于是我轻而易举原谅了对我不管不顾十多年的母亲。我在想，多一个人带我吃大餐，多一个人给我零用钱，减轻爷爷奶奶的负担，母亲心里好过，我的生活也能变好，为什么要拒绝呢？

我才不拒绝。

从此，我就开始面对另一个家庭，母亲重组的家庭。

母亲家在上海，叔叔不爱说话，家里有一个规矩颇多的老奶奶，她人很好，但讲话严肃，眼神犀利，和我的亲奶奶相比，似乎面目凶狠了点儿。

我起初是一年去一次，而后是一年一到两次，我很少主动过去，对于上海的印象停留在听不懂的上海话，停留在好像在嘲笑我的窃窃私语里。

在上海，我总会时不时地面临一些难堪。

比如我要穿质量好一点儿的鞋，要穿不让母亲丢脸的衣服，否则即便到了母亲家里，母亲也会半开玩笑地说我丢了她的脸。

我在母亲家里大多时候很拘谨，我不敢打开任何一个抽屉，不敢主动去拿零食，更不敢坐姿不好看，随意在沙发上斜躺。

尽管母亲多次跟我说，要把那里当自己家，但是爷爷奶奶的嘱咐言犹在耳：

要懂事、要听话、要规矩，不然被人家说没有教养。

我小心翼翼，就算是在母亲家里，也没有丝毫的归属感。和朋友通话，聊在上海的感受，我发现我的语言弩钝。

"我在我妈家很好，我妈家在7楼，我妈家……"

是的，不是我家。

◎

这种无措好几次侵袭我，让我感到一阵失重的无力感。

当然，在母亲家里的无措，在父亲家里也同样会发生。

尤其看到父亲重组的家庭没有我的房间，到处摆满了他们一家三口的照片，却没有关于我的蛛丝马迹。

我在想，这个世界其实没有一个角落是完全属于我的，我也没有被任何人放在心上过，被排除在父母各自的家庭之外，原本属于我的，早就不复存在。

买房的念头正是在此间疯长。就算扒了层皮，花费所有的力气，我也想要拥有自己的房子，我要在墙上挂自己的照片，在卧室摆上一张温馨的大床，我还会拥有专属女孩的衣柜，柜子里都是我自己爱穿的衣裳。

抱着这样的决心，我在毕业后很努力赚钱，2021年9月，我愿望达成。

两室一厅，毕业后攒的钱都花在首付上。

过去挑灯伏案的光景还历历在目，热流涌动，但不是辛酸，是一种真正的自我认同。

很不幸，我赶在了房价的高点，这事儿现在聊起来，我爸还说我心太急了，责怪我没再等等。虽说看似"冤大头"，但是那种急不可待的迫切和喜悦，我至今都觉得无价。

◎

我按照自己的喜好装修自己的房子，阳台被我打造成了办公角落，还有一间房原本也考虑打造成专门的书房，但是考虑到爷爷奶奶会跟我一起生活，所以放弃了这个想法。

两室一厅一卫，小小的房子承载了我多年的渴望。说真的，我今天突然觉得，"得偿所愿"真的是个再美好不过的词，那里有期待成真，有不扑空的踏实，有我踩着刀尖变耀眼的证明。

　　住进来的那一晚，我失眠到了凌晨一点多，欣喜是真的，落寞也有，除了和我的读者朋友分享，这份心底的渴望我不知道如何跟身边的人分享。

　　我的愿望被小心翼翼地托住了，神明也听到了我的心声吧。

　　当夜，月光如华，洒在阳台的地毯上，我第一次感受到温温柔柔的圆满和心安。

学不会放下,就无法轻装上阵

◎

弟弟是在中秋前一天出生的,凌晨3点多,父亲打来电话:八斤六两的大胖小子,母子平安。

家里的其他人也都循声而来,从堂屋穿过里屋,脚步急促,随之而来的是爽朗的笑声,笑声此起彼伏穿插着,在一个寂静的晚上响彻了整个庭院。

我一个人躲在院门后面,仅仅是听到那些笑声,眼泪就不受控地下坠。他们聊了好一会儿,聊到我控制不住情绪开始大哭,他们终于注意到了我。

姑姑快步走过来把我拉到怀里,轻声安抚着我,一旁的爷爷收敛起表情,全家人也都识趣地没再吱声。

电话里,爸爸还在滔滔不绝,我听得清晰,他说让妈多待几个月吧,需要人照顾。

很显然，那时的父亲已经忘记了老家还有他的另一个孩子需要人照顾，他满心满眼只有刚出生的儿子。

随着父亲的话音落地，爷爷的呵斥声在屋子里响起，呵斥他一心只顾着儿子，呵斥他不懂得考虑女儿的感受。

父亲在后知后觉中意识到什么，让爷爷把电话交给我，他说："闺女，爸爸一定会一碗水端平，不会让你受委屈的。"

我几乎不能停地哽咽着，硕大的悲伤侵袭而来，像是又回到父亲再婚的那个晚上，他也如此跟我讲话，语气温柔，跟我保证了许多，我信以为真。

但时间给出了答案，真实的答案。

他再婚后不再以我为重心，在我的生活中几乎消失，只在逢年过节回来一次。一周一次的电话不再打，不闻不问我的成绩，我总是落寞地等待着他想起我。

所以我无法再相信他说的了，他说会公平对待我和弟弟，会一碗水端平，语气郑重，但我已经经受无数次期待落空的感觉，我只觉得他的保证轻飘飘的，大概率是无法站住脚了。

那是我童年里最无助的时刻之一，也是我对父亲长久失望的开始。

此后的每一天，我都觉得被丢弃，所剩无几的关注被剥夺，我有了夜里抱着枕头哭的习惯，偶尔照着镜子自怜，问自己还有谁会爱我。

晦暗和阴郁在我心里埋下种子，不快乐在童年的上空永久驻扎，直到我28岁这一年，我还在想尽办法和童年的我握手言和。

◎

不过我还是庆幸的，上帝在关上一道门时，偷偷为我开了一扇窗。

集万千宠爱于一身的弟弟，像是我荒芜人生中的一抹新绿，朝气蓬勃，给我带来新的生命力。

起初我纠结、矛盾，发誓一定要和他保持距离。

可他喜欢我，就像有魔力一般，我知道他喜欢我。在襁褓中哭闹的他，会因为看见我咧着嘴巴笑；半夜睡不着的他，听我唱的小星星却能睡得安然。

长大了一点儿，会说话了，他叫我姐姐，只跟着姐姐，像个跟屁虫一样，甩也甩不掉。他那么小，那么可爱，那么纯洁无瑕，有一尘不染的心灵，潜移默化中就把我净化。

于是在某个很普通的日子里，在很普通的夜晚，我放下了所有的戒备，下定决心用全部的真诚向他敞开心扉。

雨果说："人生下来不是为了拖着锁链，而是为了展开双翼。"

当我决心放下，这份情感也即刻被洗礼和升华，我拥抱了弟弟，也拥抱了更有温度的人生。

毫不夸张地说，弟弟是我人生中少有的一束光。

他比父亲更加细腻，随时察觉到我这个姐姐的"委屈"，会代替我跟爸爸争取更多的"爱"。

大学时，他会夺过爸爸给我的零用钱数一数，然后非常严肃地告诉爸爸：姐姐的零花钱不够用，你必须再给一些。

他会在春节把压岁钱整整齐齐折叠好放进里面衣服的口袋，偷偷把我拉到一边，告诉我：这些都是你的，我要全部给你。

他还是唯一一个半夜起来提醒我喝中药的家人。

◎

我记得有一晚，还是六七岁的弟弟问过我：

"姐姐，为什么我的妈妈不是你的妈妈，但我们却有同一个爸爸？"

我说："因为我的爸爸和妈妈离婚了，我的妈妈是我的妈妈，你的就是你的，但我们有同一个爸爸也挺好的。"

那一年，我还是个高中生，言辞匮乏，对家庭关系的解释弩钝。但只是解释那么一次，他似乎就懂了我和他有着怎样的不同。小小的他似懂非懂，却还是下意识更加用力地抱紧我，他说："没关系，我喜欢你这个姐姐。"

我所有的反抗、叛逆，对新家庭的反感，就是在那一刻败下阵来。我太需要饱满的爱意了，如果不去排斥我就会得到新的爱意，但是一味反抗，我可能一无所有，甚至永远躲在那个阴暗的怪圈里走不出来。那为什么，我不选择前者？

◎

人生漫漫，倘若总是困在原生家庭的枷锁里，大概结局只有万劫不复。

弱小的我不断自我疗愈，自我调节原生家庭带来的伤害，读书、写作、看世界，终于拥有了自己的生活。

很多年后的今天，我陪着弟弟在商场里闲逛，路过一家店面，他指着橱窗里的白色长款大衣，欣喜地说好适合我姐，我方才知道，爱才是答案，新的亲密关系才是答案。

所谓的摆脱原生家庭的桎梏，或许并不是从原生家庭那里找回什么，而是学会自我重建、自我修复，从别处建立亲密关系，从而得到某种弥补和成全。

朋友，不要再盯着原生家庭带来的痛苦度过每一个长夜，学会放下，方能轻装上阵。

花更多的时间去专注自身吧，更好的你自己，才能拥有更好的亲密关系。亲情、友情、爱情，无一例外。

事事有回应，不一定只在爱情里

◎

　　初春的正午还是很冷，通往县城的柏油马路修缮了，我们坐在车上，比起往日，好像已经觉察不出颠簸。

　　路过修路的工程队，奶奶自言自语：路要修，人也要修。她用左手敲打膝盖，那里常年肿痛，但因为一些因素，她死活不愿意手术。

　　今天是因为腹部两侧经常疼痛，所以我又带她去做了检查。

　　去医院之前，她坐在电视机前剥花生，电视剧声音极大。

　　她偶尔抬头看，不过也只是看人影罢了，她的视力这两年急速下降，已经看不真切。

　　我问她：这一桶花生都要剥吗？剥了做什么？

　　她说要拿去榨油，花生油。说完就开始用手捂着腹部，看起来很不好。我问她是不是不舒服，她支支吾吾，说已经疼了十来天了。

说的时候好委屈，眼泪都快要掉下来，我又气又心疼。十来天了，竟然一声不吭，硬是忍着疼，什么也没说。我不问她不会说的，我今天没看见，她也不会说的，她总是这样。

细细想来，其实奶奶每天都会说不舒服，但因为年龄大了，眼睛、牙齿、腰背、膝盖都有问题，我还以为是旧疾，便没放在心上。没承想，这是新的病痛。

爷爷这时候刚从地里回来，风尘仆仆，他说地都刨得差不多了，下午再收个尾就行。

我说别去了，下午带奶奶去医院。

"肚子还疼啊。"爷爷的笑意没了，手里刚刚攥着的一把花生米尽数丢在篓篮里，原来他什么都知道。

"你知道你不带她去医院？"

"去社区门诊了，吃药能吃好就不用去医院。"

"她夜里睡觉都疼，她没跟你说。"

对话戛然而止，奶奶抹眼泪，爷爷坐在大堂，双手摩挲一把花生，花生皮四处飘飞，老两口同时沉默。

午饭的时候，爷爷问我："你去吗？医院。"

我说我怎么可能不去。

他补充道："我们自己带钱，你给的钱还有。"

我没吱声，但我心里有一股恼气，我在想应该承担义务和责任的人越来越隐形了，我恼的就是这一点儿。

◎

几个月前,我陪奶奶去医院检查了膝盖,医生建议给她做膝关节置换手术,这种手术即便是在小县城也已经相当成熟,做好了之后,或许坚持个十年八年都不成问题。

我让医生估算了一下医药费,大概要四万左右,之后出院了还能报销掉一半多。爷爷犹豫再三,电话通知了两个儿子。

父亲在电话里犹疑了一下,儿子马上初中毕业,房贷也要还,但他最后还是点头,表示愿意和大哥平摊手术费。

大伯在电话里没有吱声,不知是什么态度,爷爷第二天起了个大早去了大伯家,连同医院里拍的片子、医院的诊断书一起拿过去,但他还是只说知道了,没有更多的表态。

爷爷回来后气得高血压犯了,他坐在院子里不停地埋怨,埋怨大伯不孝,埋怨他一辈子当不了家做不了主。

奶奶不愿意自己动个手术把儿子给得罪了,也不愿意看着父子之间再生隔阂,于是死活不愿意再提手术的事情。我虽然愤懑,却也知道最要紧的是老人家的身体,于是提出承担这些费用,不过奶奶依旧不同意,爷爷也觉得不符合情理。

都说养儿防老,且不说防老了,就连医药费都要孙女垫付,爷爷说,于情于理,都不妥。

他们在乎自己的面子,在乎儿子的面子,更不希望把照顾他们二老的担子完全放在我身上。

再后来，膝关节置换手术的事情没有下文，父亲没有再问，大伯更是不提，奶奶也不知是真的不疼了，还是假的不疼了，总之没在我和爷爷面前抱怨关节疼痛。

我有几次看到她落寞地躺在沙发上"听"《男生女生向前冲》这个节目，她的眼睛闭着，一听到有人落水就会笑笑，而后笑容很快冷掉，又回到落寞。她不再是那个爱串门的老太婆了。

◎

这一次，也算是忍到了极限吧，竟然在我面前掉眼泪，我原本是气恼的，气她讳疾忌医，气她愚昧，但想到之前的种种，我突然明白奶奶在担忧什么。

万一是什么严重的病症呢？万一又是一大笔医药费呢？儿子们会来出钱还是会来照顾？

明明是她含辛茹苦养大的孩子，她却不敢笃定儿子们也能掏一颗心对待已经年迈的她。

与其如此，不如忍一忍，再忍一忍，忍不过去，死了，也便一了百了。这是奶奶说的，她常常挂在嘴边。我以前觉得是她说笑的，如今看来，她确实有此打算。

说起来，农村里有两种群体最为可悲，一个是留守儿童，一个是老年人。

留守儿童从小缺失父母亲情，老年人到了一定年龄，劳动力不再有，失去了价值，而因为生活习惯的问题，他们很多时候会慢慢被子女嫌恶，甚至被赶出去单独居住。

爷爷认识的老伙计，和他年纪一般大，每逢赶集日，爷爷骑着三轮和老朋友一起出门，爷爷背着奶奶，那位老伙计也背着自己的老太婆。

虽说赶集的一路上，爷爷奶奶和他们总是有说有笑，但我听爷爷说起过那两位老人的境遇：

老太婆患有老年痴呆，几年了，大小便失禁、看医问药，都是老头子一个人来。

他们有一对儿女，儿子有一套拆迁房，卖了，住进了老两口的拆迁房，将他们赶了出去，村委会想办法才让老两口住进了油漆工厂的车库。

两位老人每月的退休金三千块，但分文不少全部进了儿子的户头，要命的是，他们的女儿争不过哥哥，自觉吃亏，平时也很少过问父母的生活。

每每看到这对老夫妻，我心里总是五味杂陈。

◎

是啊，谁不知道渴了要喝水，饿了要吃饭，病了要就医呢？有钱、有人陪伴的话，这一切叮嘱和关心才有意义。

年轻人在外拼搏，实现理想抱负，总是习惯叮嘱父母长辈照顾好身体，但是，自己真的在金钱上给予支持了吗？是否想过，如今各大医院取报告都需要使用机器自取呢？

我看过爷爷奶奶在医院里茫然无措的表情，看过一次，我发誓再也不让他们独自去医院就医。

生活没有放过每一个年轻人，时间也没有放过每一个正在老去的父母长辈，在他们自己都浑然不觉的时候，这个世界正和他们慢慢脱节。

所谓"事事有回应，件件有着落"，我想，从来不止是说爱情。

再有事业心，再有家庭责任感，都不要辜负辛苦养育你的人。

百善孝为先，那些不孝的人，未来也会被自己的子女报应。

因果轮回，可不是闹着玩的。

爱和信任是两码事

夏天快要结束的时候，母亲为我安排了一场相亲。

对方是地地道道的上海男孩，年纪和我一样大，在机场从事相关工作。

母亲在电话里对男孩赞不绝口，说对方个子高，皮肤白皙，工作稳定，是我打着灯笼也找不到的适婚青年。

她特意跟我强调，男孩家在上海两套房，嫁过去，生活水准会比现在好很多。最重要的是，我可以落户上海，以后就是上海人。

母亲在视频中眉飞色舞，止不住畅想未来，就连生几个孩子，如何带孩子，去哪个学校读书，都做了美好的憧憬。

我在视频中一直蹙着眉头，我静静看着母亲，她太高兴了，高兴得让我不忍心打破她的憧憬。我其实能明白她在想什么，早在我大学毕业之前，母亲便要求我毕业后到上海求职。

她跟我说上海遍地都是机会，如果想有出息，就一定要到上海闯一闯。再者，到了上海之后，我不需要考虑租房问题，和母亲一家住到一起,这简直是别人梦寐以求的毕业选择。

当时的我,也是这样看着母亲,同样眉飞色舞的她,在我冷静地拒绝之后突然崩溃,她问我是不是不想和她一起生活。

我顿了顿,一个"是"字卡在喉咙里,思虑一秒后又换成了温柔一点儿的表达。我告诉她,上海是一座很好的城市,但我和它格格不入,不是我这样性格的农村女孩可以适应的。我可以常去看她,但却不能为了她把爷爷奶奶都留在老家。

为了抚平她的情绪,我还跟她保证,我也不会离父亲太近,我会在一个距离折中一点儿的城市找工作,不会厚此薄彼。

如今的状况,和那时可以说如出一辙。

母亲盼望我在上海结婚生子,父亲盼望我在他生活的城市结婚生子,而爷爷奶奶知道我父母的想法后,大声呵斥:"小的时候不尽责,有出息了都想着要孩子养老。"

大概是这两年吧,我明显感觉父母对我的需要感一下子爆发了,他们一个开始面临失业,一个身体有恙,两个人都开始希望我能够陪在身边。

◎

于是,极为戏剧化的一幕发生了。

他们开始小心翼翼地试探我的想法,并且极力为我寻找本地的优质男孩,万一我和对方对上眼了,留在某座城市就变得理所应当起来。

其实他们不知道，我曾在很多个凌晨思考过未来，这样的未来里，有多种可能。也许会结婚，也许一直遇不到对的人，那么，不结婚也行。

至于在哪里安家，我从来没有过确定的想法，如今的一切想法，买房、装修，甚至卫生间里要不要放上防滑垫，我都是出于对两位老人的考虑。

如果，我是说如果，如果有一天，爷爷奶奶没有敌得过时间，我想我也许会在某个临海的小城市，买上一个一居室，自己独自生活。

我长这么大，还没有见过海，也没有纵情地享过乐，我背负着别人的期待，背负着重如山的自尊，背负着不平等和偏见，真的疲惫很久了，我只是没办法直白地向他们表达出来。

作为女儿的职责，我想我会尽我所能的，但我终究也有自己的人生，自己的追求。

我对父母子女的关系，一直都是在独自探索，不一定全对，但书看多了，也就明白我的父母对我的期待亦不是健康的、正确的，当母亲第一次要求我丢下一切照顾她，当父亲第一次为了他的小家跟我借钱买房，当时孤立无援的我，刚刚迈入社会的我，感到了前所未有的惶恐和失望。

被忽略、被漠视的孩子，突然有一天有了用场，于是又被重视起来，说真的，我一度感到迷茫。

◎

诚然，如今的我已经和父母和平相处，越来越独立的我拥有了越来越大的话语权，尽管我们不生活在一起，却能够保持一定的联系，我和父亲回归到正常的相处模式，和母亲多在网络上交流沟通，更像是朋友。

只是这种状态，它并非不变，多的是堆积如山的陈年旧事，多的是烂账可以往前翻。

如果未来有一天，他们再一次忽略我的感受，对我进行剥削、索取，我没有信心保证自己还会云淡风轻。

米奇·阿尔博姆在《你在天堂里遇见的五个人》中写：

"所有的父母都会伤害孩子，谁都没有办法。孩子就像一只洁净的玻璃杯，拿过它的人会在上面留下手印。有些父母把杯子弄脏，有些父母把杯子弄裂，还有少数父母将孩子的童年摧毁成不可收拾的碎片。"

我在想，我的某一部分已经原谅了他们，但原谅和完全的信任又是截然不同的两码事，我也爱他们，但爱和毫无保留的付出也是两码事。

我在最需要依偎的年纪没有得到庇佑，以后就再也不需要了。至于和他们中的任何一方住到一起，对我而言都是负担，充满了压力。

独立出来，一个人生活，时常探望，就是最好的相处模式。

致30岁的自己

◎

你好呀，30岁的安妮。

30岁时，你的笔名还叫安妮吗？也许你又有了新的名字？

不过没关系，名称只是一种符号，我知道你从来不在意流于形式的东西。

现在是2022年的秋天，给你写这封信的时候，我犹豫不决，酝酿很久，不知道如何写下开头，才能免于俗套。

几次尝试后，我有些气馁了，于是站在阳台上吹了会儿冷风，这才重新坐下来，写了点儿东西。

今年我28岁，穿着看起来成熟的衣服，做看起来成熟的事情，我经济独立，也拥有了人生中的第一套房。

唯一美中不足的是，我还没有结婚，这成为我当下最大的困扰。

我原本不想给你写这封信的，因为根据我的经验，我现在苦恼的问题，两年后可能自动揭晓答案了。

依稀记得，我在25岁的年纪，给28岁的自己也写过一封长信，信里的我满腹委屈，因为无处诉说，所以用文字将心事写到纸上，希望三年后的自己，能够有所成长。

如今我已经来到28岁，25岁的烦恼不再是烦恼，反而变成了可以一笑置之的小事。

时间不能解决问题，却可以让问题不再棘手，甚至微不足道，足以忽略。

◎

安妮，好多人跟我诋毁30岁的你，明明你还没有来，明明你的未来应该被期待，但他们选择性失明了，他们只看到你快要奔三的年龄，看到你没有丈夫和家庭，他们把年龄作为你最大的软肋，劝你缴械投降。

他们说：30岁，你就会在婚恋市场上"滞销"；30岁，不结婚就真的成了异类；30岁，你将错过最佳的生育年龄……

28岁的我，现在被制造着年龄的焦虑，30岁像是一场一定会到来的噩梦，他们每天为我预告，我的身上仿佛背负着一座看不见的十字架，走到哪里，都感到无比沉重。

今夜写这样一封长信给你，其实好多话要说，也有好多话想替28岁的自己提前转达,但不知道怎么回事,真正要写下来的时候,如鲠在喉,表达被打了折扣,言语零碎得不像话。

30岁的安妮,不知道你现在是否遇到了一个愿意伸出手紧紧牵住你的爱人,他是不是陪在你身边,和你度过了无数孤寂又恐惧的夜晚?

如果有的话,恭喜。

我知道爱对你而言是最艰难的课题,你敏感、多思,被情绪问题困扰多年,你原本对爱不作期待,可是如果你真的有幸遇到了一个对的人,我希望你能真诚、坦诚、赤诚地去爱。你知道的,爱是可遇不可求的神迹。

当然,如果你还是踽踽独行着,也没有关系,你拥有比别人更多的时间观察你自己,注视你自己,取悦你自己。

你有书可读,有文字相伴,有体面的工作,还有一处得以安居的房子,对了,你还有相伴多年的朋友,你依旧是个比很多人都要幸福的女孩。

◎

安妮,我真害怕你一到30岁就慌不择路啊,我怕你因为一念之差走进婚姻,按部就班过自己不喜欢的生活。

如果真的是这样的话,我想,28岁的我,一定会瞧不起你。

安妮,你记得吗?你在20岁的时候看过一部电影,名叫

《肖申克的救赎》，电影里有一句名台词，你当时摘抄在本子上，很长一段时间都是你的座右铭。

那句话是这样说的：

"所谓监狱，就是任何一个你不喜欢又离不开的地方，任何一种你不喜欢又摆脱不了的生活，就是监狱。如果你感到痛苦和不自由，希望你心里永远有一团不会熄灭的火焰，不要麻木，不要被同化。"

你当时把这句话写下来，还特意打上了一颗星，你告诉自己：一定要过忠于内心的人生。

◎

安妮，距离30岁的你还有两年时间，两年，说长不长，说短不短。

高楼可以拔地而起，命运可以诡谲多变，你最害怕的，大概就是爷爷奶奶老去吧。

两年后你30岁，他们都已经进入耄耋之年，我知道，这是你成年后如同诅咒一样的东西，你害怕他们敌不过时间，也深知没有人能够敌得过时间。

你其实很早很早以前就在害怕了，你也很早很早以前就被教育要习惯一个人。你还记得吗？特别小的时候，你问过奶奶一个问题：

"为什么你不送我去上学？"

奶奶说，家到学校就是一条直直的水泥路，我看着你进学校就放心了。

从那以后，你有意识地回头，每次都会看奶奶有没有在看自己，是的，她没骗你。她站在路头一直看你，就算卡车呼啸而过，扬起尘土，她还是站在那儿，定定望着你。

后来，你转学了，去了县城。来往的车流太多，需要过马路，她终于开始接送你。

不过她总是走得很快，不牵你的手，也从来不帮你背书包，她只是在红绿灯的时候等你一起，叮嘱你先看左后看右。

你问她为什么和人家奶奶不一样？人家的奶奶都会帮着背书包的。她说，书不是替我念的，等明年了，放学也要自己回来，谁能跟你一辈子？

"谁能跟你一辈子？"这句话你一直记着，它贯穿了你的整个成长历程，是你一直挥之不去的心事。你偶尔也有过埋怨，你会想：我的奶奶不够心疼我。

◎

直到那年冬天，奶奶在某一个深夜突然开始流鼻血。好多的血，枕巾上、床单上，还有垃圾桶里。

那时你大概13岁，对生老病死的概念还很模糊，但看到了流鼻血的奶奶，还是忍不住号啕大哭。你站在她的床头，拉着她的手问她："奶奶，你生病了？"

她从容地让你抽几张纸给她，还是只说了那句话："你看，谁能跟你一辈子？"

那一晚你哭了很久，久到奶奶没法子了，她用鲜有的温柔语气讲话，紧紧把你抱在怀里，她说，奶奶会长命百岁。

好像是从那时候开始吧，你的脑袋里开始有了"恐惧"，这种恐惧不是一个人走路回家，不是英语课上不会背课文，是——失去。

是一种不敢想象的万劫不复。

你终于有一点儿懂奶奶说这句话的意思，也终于有点儿明白，她为什么和很多奶奶不同。

从出生开始，每个小孩面临的未来，其实都不相同。有些孩子从小就被父母、被完整的家庭包裹；而有些小孩，原生家庭有不同程度的缺陷，不早一点儿自立自强，就走不了太远。

◎

回忆过去这漫长的二十多年，"没有人能跟你一辈子"这句话，似乎一边伤你，一边让你坚硬和强大。

幼年时作业不会，奶奶不识字，爷爷只读书到五年级，再难的题你也要自己解答。

再大一点儿，转学进城，开始接触从没接触过的英语，没有人帮你，你早起了近半年苦学，小升初英语考了满分。

更大一点儿，你进入初中，成绩慢慢比不过别人，城里的小孩一个个聪明又会学习，你是努力的中上游，稍微懈怠就被甩在后头。

高中时，你偏科严重，为了上大学，去读了美术，因为没有基础所以每天都坐在画室画画，不敢停，生怕惊动了命运，连迈入大学的机会也不给你。

高二时出了车祸，左脚踝粉碎性骨折，命运的齿轮还是卡了你一年，让你停下来接受捶打和历练。

终于，进入大学了，在受限的视野里极尽可能搜罗未来的风景，给火锅店做过墙绘，给小孩做过家教，后来终于在写作上有了一番小小起色。

◎

"没有人能跟你一辈子"，这句话让平凡的你跑了太久，惶恐了太久，也坚强了太久。

你当然知道，你也必须知道前路漫漫，总有人跟你道别，即便痛不欲生，也要强忍伤痛，迎接明天。

但是安妮，我要跟你说，28岁时的你一听到爷爷奶奶有任何病痛，还是会像个孩子一样狂哭不止。

你在27岁时离职回到老家，陪伴他们度过无聊又闲适的岁月，偶尔日子太惬意了，你就忘了伤心，你看到他们从容谈论生死，平静看待离别，心口有明显的阵痛，却只是默默跑到卫生间里擦拭难忍的眼泪。

后来你来到28岁，你已经不再像13岁那般痛哭，你尝试去建立新的亲密关系，却总是屡屡受挫。你突然意识到，所有心理准备都是假的，面对可以预见的悲伤，你不过是选择了暂时的逃避。你早该知道，这个世界上有许多无声的枪响，生离便是最重的一击。

◎

安妮，30岁的你，会更坚强吗？面对离别会不会倒地不起？

我最近在读一本书，书名叫《第一人称单数》，读这本书的时候，我看到作者写的一段话：

"尽管如此，如蒙幸运眷顾，偶尔还是会有一些语句留在我们身边。它们在深夜爬上山坡，钻进量身挖掘的小洞里，屏气吞声，巧妙地送走呼啸而过的时间之风。"

读到这段话的时候，我尚能想起过去读到的一些书，书中振聋发聩的话，有些让我清醒，有些让我奋进，难熬的时光因为书籍提供了足够的养分，让我得以咬着牙挺过来。

迄今为止，你还没有被打败，你不会被打败的，对吧？人人都说读书可以治愈人心，28岁的我深信不疑。只是翻到此页，想到未来的你，或许会经历此生最大的人生巨变，我还是不免感到忧心忡忡。

不过安妮，你放心，28岁的你有在好好孝敬他们，给到陪伴给到经济支持。对了，今年的秋天，你还会带他们去北京，实现他们合影天安门的心愿。

安妮，30岁真是个"可怕"的年纪，它充满争议也充满恐惧，但我还是希望你勇敢，再勇敢一点儿！